सुखी मृत्यु

अल्बैर कामू

अनुवाद

शरद चन्द्रा

राजकमल पेपरबैक्स

यह उपन्यास सर्वप्रथम फ्रेंच में La Mort Heureuse नाम से 1971 में प्रकाशित हुआ

राजकमल पेपरबैक्स में
पहला संस्करण : 2023

राजकमल पेपरबैक्स : उत्कृष्ट साहित्य के जनसुलभ संस्करण

राजकमल प्रकाशन प्रा. लि.
1-बी, नेताजी सुभाष मार्ग, दरियागंज
नई दिल्ली-110 002
द्वारा प्रकाशित

शाखाएँ : अशोक राजपथ, साइंस कॉलेज के सामने, पटना-800 006
पहली मंजिल, दरबारी बिल्डिंग, महात्मा गांधी मार्ग, प्रयागराज-211 001
1, अनमोल सोराबजी संतुक लेन, धोबी तालाव, मरीन लाइंस, मुम्बई-400 002

वेबसाइट : www.rajkamalprakashan.com
ई-मेल : info@rajkamalprakashan.com

विकास कम्प्यूटर एंड प्रिंटर्स
ट्रॉनिका सिटी-201 102
द्वारा मुद्रित

मूल्य : ₹250

SUKHI MRITYU
Novel by Albert Camus
Translated by Sharad Chandra

ISBN : 978-81-19835-17-1

निवेदन

साहित्य चाहे किसी भी भाषा में हो, उस पर समस्त मानव समाज का अधिकार होता है। मानव को विषय बनाकर, मानव-दशा से प्रेरित किसी भी साहित्यिक रचना को संकीर्ण भाषायी या भौगोलिक परिबन्धन में जकड़कर रखना साहित्य-प्रेमियों के प्रति अक्षम्य अपराध है। राजकमल प्रकाशन की ओर से अल्बैर कामू की कुछ रचनाओं का हिन्दी अनुवाद कराने और प्रकाशित करने का प्रस्ताव विश्व-साहित्य के समन्वय की ओर एक बहुत ही सराहनीय कदम है और उनकी परम्परागत उच्च साहित्यिक रुचि का प्रमाण।

कामू की रचनाओं के हिन्दी अनुवाद के सन्दर्भ में, मैं सिर्फ इतना निवेदन करना चाहूँगी कि ये उलथा मैंने अंग्रेजी माध्यम से नहीं अपितु मूल फ्रांसीसी पाठ से किया है और साथ ही, शाब्दिक अनुवाद से बचते हुए कामू की शैली—उनके भाषायी तेवर और वाक्य-विन्यास—को अक्षुण्ण रखने का पूरा प्रयास किया है। चिन्तन प्रधान होने के कारण कामू विचारों के प्रवाह में कहीं-कहीं ईंटें-सी जोड़ते हुए एक विशाल

इमारत खड़ी कर देते हैं। छोटे-छोटे टुकड़ों में तोड़कर या वाक्य-विन्यास बदलकर इसे सरल बनाना मुश्किल नहीं था लेकिन फिर उस नव-निर्माण में से कामू को लुप्त होने से बचाना भी असम्भव था। इसीलिए मेरी निष्ठा रही है कि कामू के विचारों को यहाँ लगभग उसी रूप में प्रस्तुत करूँ जिसमें वे मूलत: लिखे गए।

अपने इस ध्येय की साधना में कामू की पुत्री सुश्री कैथरीन कामू के स्वाभाविक प्रेम व स्वत:स्फूर्त समर्थन से मुझे जो प्रेरणा मिली उसके प्रति शब्दों में आभार व्यक्त करना तो मुश्किल है, मैं उन्हें अपने आत्मसन्तोष के लिए आपके समक्ष सिर्फ स्मरण कर सकती हूँ। उनके अलावा पेरिस स्थित, अपनी प्रिय मित्र श्रीमती आनिया शिवालियर के स्नेह व सतत सहयोग के लिए अपनी गहरी अनुग्रहीतता स्वीकार करती हूँ। सर्वोपरि, जवाहरलाल नेहरू विश्वविद्यालय के पुस्तकालय व वहाँ के सभी कार्यकर्ताओं, विशेष रूप से सह-पुस्तकालयाध्यक्षा श्रीमती कृष्णा सेन के प्रति बहुत कृतज्ञ हूँ। इस परोक्ष योगदान के अभाव में, मैं शायद ही कुछ काम कर पाती। राजकमल प्रकाशन के श्री रामकुमार कृषक ने पांडुलिपि के सम्पादन में जिस आत्मीयता का परिचय दिया, वह मेरे लिए एक नया अनुभव रहा है। अन्त में, अपनी योजना को सफल बनाने में, नई दिल्ली स्थित फ्रांसीसी दूतावास से मुझे जो सस्नेह संरक्षण व सहायता मिली उसके लिए मैं हृदय से आभारी हूँ।

इन्दिरा गांधी राष्ट्रीय खुला विश्वविद्यालय
नई दिल्ली

—शरद चन्द्रा

परिचय

पश्चिम के जिन विश्वविख्यात लेखकों को भारतीय पाठक अच्छी तरह जानते हैं, बड़ी रुचि से पढ़ते हैं और जिनकी कृति के साथ निकट तादात्म्य अनुभव करते हैं, उनमें अल्बैर कामू का एक शीर्ष स्थान है।

कामू का जन्म 1913 में गंडोत्वी, अल्जीरिया में एक अति साधारण परिवार में हुआ। जीवन के प्रारम्भ में ही पिता की मृत्यु हो जाने से उनका लालन-पालन उनकी माता ने ही बड़े परिश्रम से किया। लेखक बनने का निश्चय उन्होंने जीवन में जल्द ही कर लिया था और किशोरावस्था में लिखने लगे थे। 1957 में 43 वर्ष की उम्र में उन्हें नोबेल पुरस्कार से सम्मानित किया गया। 1960 में जब वे अपने जीवन और सर्जना के परमोत्कर्ष पर थे, अचानक एक सड़क दुर्घटना में उनकी मृत्यु हो गई।

कामू बहुत ही लोकप्रिय लेखक होने के साथ-साथ एक महान चिन्तक भी थे। जीवन-भर वे अपनी आत्मा और प्रतिभा की पूरी शक्ति से, विचार के पूर्ण प्रयास तथा अन्तरात्मा की वेदना से अपने समय की

जटिल व यातनाप्रद समस्याओं में उलझे रहे। उनके कृतित्व ने मानव की आत्मा के विद्रोह, सच्चे सुख के रहस्य की खोज और सत्य का मूल रूप जानने की चिर-अतृप्त जिज्ञासा बहुत गम्भीरता से व्यक्त की है। प्रस्तुत उपन्यास भी जीवन-सुख और उसी में निहित मृत्यु-सुख को समझने के प्रयास का विवरण है। वे कितने बड़े चिन्तक थे इसका आभास इस यथार्थ से सहज ही लगाया जा सकता है कि जब उन्होंने यह कृति रची उनकी उम्र केवल 20-22 वर्ष थी। जीवन की कटु यथार्थताओं का अभिज्ञान कामू को बाल्यकाल से ही था।

'सुखी मृत्यु' दो भागों में विभाजित की गई है और प्रत्येक भाग पाँच परिच्छेदों में 'स्वाभाविक मृत्यु', फिर 'संज्ञात मृत्यु'। पहले भाग के पहले अध्याय में कहानी का नायक, मरसो, रोलों जागरियस का खून करता है, उसका पैसा समेटकर घर लौटता है, लौटते में उसे ठंड लग जाती है। अगले चार अध्याय उसकी बीती जिन्दगी में से पूर्वदृश्य हैं :

उसका साधारण जीवन (अध्याय-2)

मार्थ के साथ उसके सम्बन्ध (अध्याय-3)

जागरियस के साथ उसकी लम्बी बातचीत (अध्याय-4)

और अन्त में, पीपाहारे कारदोना की करुणा-भरी कहानी और मरसो का उससे मिलना (अध्याय-5)

इतनी सम्पत्ति हाथ में आ जाने से मरसो अब बिना किसी अड़चन के अपनी सुख की खोज पुनरारम्भ करता है, और पूर्वीय यूरोप की लम्बी यात्रा पर निकल जाता है। 'संज्ञात मृत्यु' का पहला अध्याय प्राग में उसके कयाम का विवरण देता है।

बाकी यात्रा और जिनेवा होते हुए अल्जीयर्स लौटना (अध्याय-2)

'दुनिया से ऊँचे मकान' में उसकी जीवन-चर्चा (अध्याय-3)

मरसो का शिनुआ पर्वत पर मकान लेकर सुखी रहने का प्रयास (अध्याय-4)

आधी रात को तैरना, फलस्वरूप उसकी अस्वस्थ हालत का बिगड़ना और अन्ततः मृत्यु, जिसका प्रत्येक क्षण वह पूरी चेतना सहित अनुभव करता है। (अध्याय-5) इस तरह मृत्यु पर विजय पाता है।

संक्षेप में इस कथा का विषय है—जीवन में सुख प्राप्त करना जिससे कि मृत्यु भी एक सुखद अनुभव रहे। ऐसा संस्कृत सुख कैसे मिले? उपन्यास का पहला भाग जीवन की इस समस्या का अदीप्त, अस्पष्ट पहलू हमारे सामने रखता है, जब नायक के पास न तो मनोवेगविषयक परिपक्वता है, न आर्थिक क्षमता और न ही समय। दूसरा भाग प्रस्तुत करता है अभिजित नायक के मन का सुख, शान्ति और आन्तरिक आनन्द।

1935 में कामू ने साहित्य सम्बन्धी अपनी आकांक्षाओं और परियोजनाओं का एक रोजनामचा रखना शुरू किया था जिसे वे अपने आखिरी दिन तक लिखते रहे। ये संग्रगरण 'स्मरण-पुस्तिका' के रूप में उनकी मृत्यु के बाद दो भागों में प्रकाशित किये गए। इन पन्नों में वे आनेवाले दिनों में लिखने के लिए अपने विचारों का खाका बनाते रहते थे। इस पुस्तिका में उस कहानी का, जो उनके मरणोपरान्त 'सुखी मृत्यु' के नाम से प्रकाशित की गई, पहला स्पष्ट उल्लेख मिलता है, अगस्त, 1937 में लिखा हुआ एक स्मरण नोट।[1] इसी प्रकार इसके बाद कुछ और नोट हैं और इस बारे में अपने-आपको लिखी गई आखिरी हिदायत है, जून 1938 की।[2] जाहिर है कि इस उपन्यास की रचना अगस्त 1937

1. उपन्यास : एक इनसान जिसे यह विश्वास हो गया है कि जीने के लिए धनवान होना आवश्यक है, जो इस सम्पत्ति को पाने के लिए पूरी लगन से जुट जाता है, सफल होता है, सुखपूर्वक जीता है और मरता है।
2. उपन्यास फिर से लिखना।

और जून 1938 के बीच हुई। इसके कुछ दिनों बाद उन्होंने एक और उपन्यास 'अजनबी' लिखा जो 1942 में प्रकाशित हुआ और तत्काल उनकी ख्याति साहित्य जगत के शिखर पर पहुँच गई।

इन दोनों उपन्यासों की यदि तुलना करें तो बहुत-सी समानताएँ मिलती हैं। वस्तुत: 'अजनबी' का अंकुर 'सुखी मृत्यु' में संहत है। दोनों कहानियों का घटनास्थल अल्जीरिया है। पातरिस मरसो 'सुखी मृत्यु' के नायक और 'अजनबी' के नायक मरसो की आदतें बहुत मिलती-जुलती हैं। लेकिन निश्चित रूप से 'सुखी मृत्यु' उस परिपूर्णता से विहीन है जिससे कामू ने 'अजनबी' को सँवारा। सम्भवत: यही कारण है कि लेखक ने अपने जीवनकाल में यह कृति प्रकाशन के लिए नहीं दी।

'सुखी मृत्यु' की शैली अति सुन्दर है लेकिन कहानी का संयोजन बिखरा हुआ है, इतना विस्तृत है कि रचना बेडौल-सी हो गई है। ऐसा महसूस होता है कि लेखक ने बहुत-से असंहत अंशों को एक सूत्र में पिरोने की कोशिश की है लेकिन असफल रहे हैं। उनके व्यक्तिगत अनुभवों पर प्रकाशन की दृष्टि से आवरण भी बहुत झीना है। समकालिक रचना 'अजनबी' की निपुण वस्तुनिष्ठता का अभाव यहाँ बहुत खलता है तथापि उसका पूर्व प्रतिबिम्ब होने के कारण 'सुखी मृत्यु' कामू की साहित्यिक जीवनी की एक महत्त्वपूर्ण कड़ी है।

यह मैं पहले कह चुकी हूँ कि 'सुखी मृत्यु' जिस रूप में प्रकाशित हुआ वह लेखक द्वारा नहीं दिया गया था। भविष्य में लिखने के लिए योजनाएँ बनाकर रख लेने की आदत के अनुसार कामू ने इस विषय पर 1937 में रूपरेखा बनाई, फिर स्वयं उस पर टिप्पणी करते रहे, वस्तुकथा दोहराते रहे, घटाते-बढ़ाते रहे। परिणामत: इस उपन्यास के अनेक हस्तलिखित पाठान्तरों के अतिरिक्त दो टाइपलिपि प्रति मौजूद

हैं, लेखक की 'स्मरण-पुस्तिका' में अनेक नोट हैं और कुछ छिटपुट लिखित प्रमाण भी हैं। इन सब सूत्रों के सामंजस्य से प्रस्तुत प्रति तैयार की गई है। हिन्दी उलथा करने में इस बात पर विशेष ध्यान दिया गया है कि अनूदित रूप फ्रांसीसी भाषा में छपी मूल कृति से भिन्न न हो। प्राय: विचार-क्रम टूट-सा जाता है। कहीं-कहीं पाठन-प्रवाह हिचकोले लेता प्रतीत होता है, फिर भी पठनीयता बढ़ाने के लोभ में किसी प्रकार के सम्पादन या स्वैरिता का सहारा नहीं लिया गया है।

इतने वैभिन्न्य में संसृष्ट कृति में पूर्ण संश्लेषण और सम्बद्धता का अभाव तो स्वाभाविक है। तदपि पाठकगण यदि इस पुस्तक को रचना के स्थान पर दस्तावेज समझें, कामू की प्रज्ञा का प्रमाण-पत्र समझें और फिर अपनी संवेदना के आधार पर निष्कर्ष निकालें तो निश्चित रूप से इसे पढ़ने का आनन्द अधिक ले पाएँगे। इस बदले हुए दृष्टिकोण के परिणामस्वरूप इस सम्बन्ध में कौन-से नये गुण आविर्भूत होते हैं, इसका निर्णय भी स्वयं पाठकों पर ही छोड़ना बेहतर समझती हूँ।

—शरद चन्द्रा

भाग : एक

स्वाभाविक मृत्यु

एक

सुबह के दस बजे थे और पातरिस मरसो, जागरियस की विला की तरफ नियमित कदमों से बढ़ता चला जा रहा था। इस समय तक चौकीदार बाजार जा चुका था और विला निर्जन थी। अप्रैल का महीना था। बसन्त की एक खूबसूरत सुबह, शीतल और उज्ज्वल आकाश का नीलापन धुले काँच की तरह पारदर्शी था। सूरज की चमक चकाचौंध कर रही थी लेकिन बहुत ही सुहावनी थी। विला के पास, ढलानों को अलंकृत किये हुए चीड़ के वृक्षों के बीच, तनों के सहारे एक ज्योति-किरण उमड़ रही थी। रास्ता सुनसान था। हल्की चढ़ाई थी। मरसो के हाथ में एक सूटकेस था और वह इस लौकिक सवेरे की भव्य महिमा में, इस ठंडे पथ में सूखी पत्तियों के ऊपर पड़ते अपने कदमों से हुई आहट और सूटकेस के हैंडल की स्थायी चर्राहट के बीच चलता चला जा रहा था।

विला से कुछ पहले वह रास्ता एक छोटे चौक में जा मिलता था जहाँ खूबसूरत फूलों की क्यारियाँ थीं और कुछ बेंचें पड़ी थीं। मौसम के पहले-पहले सुर्ख जिरेनियम के बीच मटमैले ऐलो, ताजा धुली

दीवारों की सफेदी और अन्तरिक्ष का नीलापन, ये सब इतने ताजा और शिशु-सुलभ लग रहे थे कि मरसो अनायास ही, वह रास्ता पकड़ने से पहले जो जागरियस की विला की तरफ जाता था, कुछ क्षण के लिए ठिठका, और फिर विला की तरफ ढलान पर उतर गया। विला की देहली पर रुककर उसने अपने दस्ताने पहने, दरवाजा खोला जिसे अपाहिज जागरियस सामान्यतया खुला ही रखता था और अन्दर जाकर उसे स्वाभाविक तौर से बन्द कर दिया। वह गलियारे में आगे बढ़ा, बाईं ओर को तीसरे दरवाजे तक पहुँचा, खटखटाया और अन्दर दाखिल हो गया। जागरियस निश्चय ही वहाँ था, एक आरामकुर्सी में, उसकी टाँगों के ठूँठों पर कम्बल ढका हुआ, चिमनी के नजदीक, ठीक उसी स्थान पर जहाँ दो रोज पहले मरसो खड़ा हुआ था। वह किताब को कम्बल के ऊपर रखकर कुछ पढ़ रहा था। अपनी गोल आँखों में बिना किंचित मात्र आश्चर्य के उसने मरसो की तरफ देखा जो अब स्वत: ही बन्द हुए दरवाजे के पास रुक गया था। खिड़कियों के परदे खुले हुए थे और वहाँ जमीन पर, फर्नीचर पर, बाकी सामान पर जगह-जगह धूप टुकड़ों में चमक रही थी। खिड़कियों के पीछे प्रभात मानो ठंडी व सुनहरी धरती पर खिल रहा था। (एक महान् शीतल आह्लाद ने, पक्षियों की साहसहीन आवाज के तीक्ष्ण कलरव ने, प्रकाश के एक हठी प्रवाह ने, उस सवेरे को एक भोलेपन और सत्य की प्रतिभा दी। मरसो कमरे की गरम घुटन में अपना गला और कान जकड़ा हुआ महसूस करके एकदम ठहर गया)। मौसम के बदलने के बावजूद जागरियस ने एक बड़ी अँगीठी सुलगा रखी थी। और मरसो को लगा जैसे उसका खून कनपटियों तक चढ़ गया हो और कानों की दीवारों में बाहर उबल पड़ने के लिए आघात कर रहा हो। जागरियस अभी तक एकदम निस्तब्ध,

अपनी आँखों से लगातार उसका अनुगमन कर रहा था। पातरिस सीधा चिमनी के दूसरी ओर रखे सन्दूक की तरफ गया और अपंग को बिना देखे उसने अपना सूटकेस मेज पर रखा। वहाँ पहुँचकर उसे अपने टखनों में एक हल्का-सा स्पन्दन महसूस हुआ। वह रुका और मुँह में एक सिगरेट लगाकर उसे बड़े बेढंगे तरीके से जलाया क्योंकि उसने दस्ताने पहने हुए थे। पीछे से उसे कुछ आवाज आई। सिगरेट होंठों में दबाए हुए उसने मुड़कर देखा। जागरियस अब भी उसकी ही तरफ देख रहा था लेकिन अब तक वह अपनी किताब बन्द कर चुका था। मरसो ने, जिसके घुटने अब जैसे आग से जले जा रहे थे, उलटी तरफ से शीर्षक पढ़ा, 'राजदरबारी' बाल्तजार ग्रासियाँ का लिखा हुआ। फिर वह बिना हिचकिचाहट के सन्दूक की तरफ झुका और उसे खोल लिया। उसमें रखा हुआ सफेद पृष्ठभूमि पर काला रिवॉल्वर अपनी गोलाई में ऐसे चमक रहा था जैसे कोई सजी-सँवरी बिल्ली। उससे दबा हुआ जागरियस का पत्र वहाँ अभी तक सुरक्षित था। मरसो ने उसे अपने बाएँ हाथ में सँभाला और रिवॉल्वर को दाएँ में। हल्की-सी झिझक के बाद उसने रिवॉल्वर अपने बाएँ हाथ के नीचे दबाया और पत्र खोला। उसके अन्दर सिर्फ एक बड़े आकार का पन्ना था जिस पर जागरियस की कोनेदार बड़ी-बड़ी लिखावट में कुछ पंक्तियों में लिखा था—

"मैं एक ऐसे आदमी का काम तमाम कर रहा हूँ जो कि आधा आदमी है। इससे कोई परेशानी नहीं होनी चाहिए। यहाँ जरूरत से ज्यादा रखा हुआ है, उन लोगों को देने के लिए जिन्होंने मेरी देखभाल अब तक की है। कृपा करके बचे हुए धन का इस्तेमाल अपराधी घोषित हुए लोगों के हालात सुधारने में कीजिए। मैं जानता हूँ, कितना ज्यादा माँग रहा हूँ।" एक पल मरसो भावशून्य-सा देखता रहा। पत्र को फिर से तह

किया। इस समय सिगरेट का धुआँ उसकी आँखों में लग रहा था। तभी कुछ राख लिफाफे पर गिर गई। उसने कागज को अच्छी तरह झाड़ा और मेज पर सँभालकर रख दिया जहाँ से कि अच्छी तरह दिखता रहे और जागरियस की तरफ मुड़ा। अब उसकी निगाह लिफाफे पर जमी हुई थी और उसके छोटे और गठीले हाथों ने उस किताब को मजबूती से पकड़ रखा था। मरसो झुका, तिजोरी में चाबी घुमाई और नोटों की गड्डियाँ निकालीं। अखबार के कागज से बने उन लिफाफों में से नोटों का सिर्फ एक किनारा ही दिख रहा था। रिवॉल्वर अब भी अच्छी तरह बाँह के नीचे दबाए हुए, उसने एक ही हाथ से उन नोटों की गड्डियों को सूटकेस में बड़ी तरतीब से जमाया। वहाँ तकरीबन बीस गड्डियाँ सौ-सौ के नोटों की थीं। मरसो ने देखा कि वो बहुत बड़ा सूटकेस ले आया है। सौ नोटों की एक गड्डी उसने तिजोरी में ही छोड़ दी। सूटकेस बन्द करके उसने अपनी आधी पी हुई सिगरेट आग में फेंकी और अपने दाएँ हाथ में रिवॉल्वर पकड़े उस अपंग के नजदीक गया।

जागरियस अब खिड़की की तरफ देख रहा था। किसी कार की मन्द खड़खड़ाती हुई गुजरने की आवाज आई। जागरियस बिलकुल स्थिर बैठा हुआ ऐसा लग रहा था जैसे इस अप्रैल की सुबह के समूचे अमानुषिक सौन्दर्य का मनन कर रहा हो। जब उसकी दाईं कनपटी पर रिवॉल्वर की नली रखी गई, उसने अपनी आँखें नहीं मोड़ी। लेकिन पातरिस ने, जो कि उस पर निगाहें गड़ाए था, देखा कि उसकी आँखें आँसुओं से भरी हैं। तब पातरिस ने ही अपनी आँखें बन्द कर लीं, एक कदम पीछे हटा और गोली चला दी। कुछ क्षण दीवार के सहारे टिके हुए, आँखें अभी तक मूँदे हुए, उसे लगा उसका रुधिर कानों में तेजी से बुदबुदा रहा है। उसने आँखें खोलीं और देखा कि जागरियस का

सिर बाएँ कन्धे पर लटक गया है, बाकी शरीर किंचित ही टेढ़ा हुआ है। अब उसे जागरियस नहीं बल्कि सिर्फ एक बड़ा-सा घाव उसके मस्तिष्क, हड्डियों और लहू के बीच में दिख रहा था। मरसो काँपने लगा। घूमकर वह कुर्सी की दूसरी तरफ गया, टटोलकर जागरियस का दायाँ हाथ पकड़ा, उसमें रिवॉल्वर पकड़ाया और कनपटी की ऊँचाई तक उठाकर छोड़ दिया। रिवॉल्वर आरामकुर्सी के हाथ को छूता हुआ जागरियस के घुटनों पर जा पड़ा। इस बीच मरसो की नजर उस अपंग के मुँह व ठोड़ी पर पड़ी। उसके मुख पर अब भी वही उदास व गम्भीर मुद्रा थी जो पहले खिड़की की तरफ देखते हुए थी। उसी समय दरवाजे के बाहर एक तीखा हॉर्न सुनाई दिया। एक बार फिर वही आवाज आई। मरसो, जो कि कुर्सी पर झुका हुआ था, वहीं ठहरा रहा। गाड़ी के चलने की आवाज से पता लगा कि बूचड़ चला गया है। मरसो ने अपना सूटकेस उठाया, दरवाजा खोला, जिसका हैंडल सूरज की किरण में चमक रहा था, और बाहर निकल गया। उसकी जबान एकदम सूखी हुई थी और सिर फटा जा रहा था। उसने फाटक को तेजी से उलाँघा और बड़े-बड़े कदम भरता चला गया। उस वक्त वहाँ कोई नहीं था। दूर, उस छोटे-से चौक के एक कोने में बच्चों का एक समूह खेल रहा था। वह चलता गया। चौक में पहुँचकर अचानक उसे ठंड का अहसास हुआ और वह अपने हल्के-से कोट में काँपने लगा। उसे दो छींकें आईं जिनकी परिहासपूर्ण प्रतिध्वनि से वह घाटी गूँज उठी और उन्हें क्रिस्टल की तरह स्वच्छ आकाश ने और भी ऊपर पहुँचा दिया। वह कुछ लड़खड़ाते हुए रुका और एक गहरी साँस ली। हजारों नन्ही, निर्मल मुस्कानें नीले आसमान से उतरीं और खेलती रहीं अभी तक बारिश के पानी से भरे पत्तों पर, उद्यान-पथों की नम जमीन पर।

वे सुर्ख लाल खपड़ों की छतों तक उड़ान भरतीं और फिर सीधी वापस उसी हवा और धूप के सरोवर में उतर आतीं, जहाँ से कुछ क्षण पहले छलक पड़ी थीं। एक हल्की-सी गुनगुनाहट उस छोटे हवाई जहाज से सुनाई पड़ रही थी जो ऊपर आकाश में चक्कर लगा रहा था। हवा की इस विस्तृत व्याप्ति में और आकाश की उर्वरता में ऐसा लगता था जैसे मनुष्य जाति का एकमात्र प्रयोजन हो सिर्फ जीना और खुश होना। मरसो के अन्तरतम में सब एकदम शान्त हो गया। एक तीसरी छींक ने उसे झकझोरा और उसे बुखार की-जैसी कँपकँपी महसूस हुई। अब वह तेज भागता चला गया, बिना अपने चारों ओर देखे हुए, सूटकेस की चर्राहट और अपने पैरों की आहट में। घर पहुँचकर उसने सूटकेस एक कोने में डाला, लेट गया और मध्य दोपहर तक खूब सोया।

दो

गर्मियों में बन्दरगाह शोर और धूप से भर जाता है। दिन के साढ़े ग्यारह बजे थे। इस समय दिन अपने परिवेश से बाहर निकला गोदियों को अपनी गर्मी के पूरे भार से कुचलने के लिए। अलजेर के वाणिज्य परिषद के विश्राम स्थलों में बँधे 'शिआफीनो', काले हल व लाल चिमनीवाले माल-वाहक जलयान, गेहूँ की बोरियाँ लाद रहे थे। उनकी महीन धूल की गन्ध, गर्म सूर्य से पिघलती तारकोल की तीव्र गन्ध में जा मिली थी। वहीं एक छोटी-सी दूकान में जो कि वार्निश और एनिस मदिरा की दुर्गन्ध से भरी थी, कुछ लोग शराब पी रहे थे और अरबी कलाबाज लाल पोशाक पहने झुलसती गर्म शिलाओं पर, समुद्र के सामने जहाँ तीव्र प्रकाश की चमक-दमक उछलती-सी प्रतीत होती थी, बार-बार कलाबाजी कर रहे थे। बिना ये सब देखे, जहाजी कुली बोरियाँ उठाए उन दोनों झोल खाए हुए पटरों पर ही ध्यान दे रहे थे जिन पर चलकर वे गोदी से जहाज के डेक तक माल चढ़ा रहे थे। एक बार ऊपर पहुँचकर वे अचानक समुद्र व आकाश में बँट जाते थे, मस्तूल और धुरी के बीच गर्म लहू

की गन्ध से भरे खाव में आँख बन्द करके कूद पड़ते थे, तेज रोशनी में चकाचौंध होकर पल-भर को थमते थे। उनके पसीने और धूल की परत से ढके चेहरे में आँखें अलग ही चमकती थीं। जलती हुई हवा में एक सायरन बिना रुके चीखे चला जा रहा था। अचानक पटरे पर चढ़ रहे लोग एक खलबली में रुक गए। उनमें से एक नीचेवाले मोटे पटरों के बीच गिर गया था। उसकी बाँह जो पीछे पीठ पर बोरी सँभाले हुए थी, बोरी के भयंकर बोझ में दब गई थी और वह पीड़ा से चिल्ला रहा था। इसी समय पातरिस मरसो अपने दफ्तर से बाहर निकला, दरवाजे पर कदम रखते ही गर्मी के मारे उसका दम-सा घुट गया। उसने पूरा मुँह खोलकर साँस ली, उसी के साथ तारकोल की भाप भी अन्दर गई और उसके गले में खराश की तरह चुभने लगी। वह कुलियों के पास जाकर रुक गया। उन लोगों ने अब तक घायल व्यक्ति को निकाल लिया था, वहीं पटरों पर धूल में उलटा लिटा दिया था। उसके होंठ दर्द से सफेद हो गए थे। उसकी टूटी बाँह कोहनी से झूल गई थी। हड्डी की एक पैनी छिपट ने मांस चीर दिया था; उस बीभत्स घाव से लहू बहे जा रहा था। लहू की बूँदें बाँह के सहारे-सहारे बहकर, उन जलते हुए पत्थरों पर एक-एक करके धीमी पटपटाहट से गिर रही थीं; वहीं से हल्की-सी वाष्प उठ रही थी। मरसो, एकदम निश्चल, यह बहता लहू देख रहा था। तभी किसी ने उसकी बाँह पकड़ी। यह इमेनुअल था, एक छोटा कर्मचारी। उसने उसकी तरफ बहुत फट-फट करते हुए आती एक लॉरी की ओर इशारा किया, "इसमें चलें?" पातरिस दौड़ा। लॉरी उन दोनों को पीछे छोड़ चुकी थी। ये दोनों धूल और शोर में डूबे हाँफते हुए अन्धेपन से उसकी तरफ झपटे, बस, इन्हें सिर्फ इतना अहसास था कि ये लोग अपने भागने के उन्मत्त प्रयास में आगे बहे जा रहे हैं, चरखी और मशीनों

की विचलित गति में, क्षितिज में घूमते हुए मस्तूल व पपड़ीदार हलों के बैठने के साथ-साथ जिन्हें वे तेजी से पार करते जा रहे थे। पहले मरसो ने लॉरी को पकड़ा। वह अपनी ताकत और चतुराई में पूरे भरोसे के साथ चलती हुई लॉरी में कूदा। सहारा देकर उसने इमेनुअल को भी ऊपर खींच लिया और दोनों पैर लटकाकर बैठ गए। चॉक की तरह सफेद धूल, दम घोंटनेवाली दीप्तिमान गर्मी जो आकाश से अवतरित हुई थी, सूर्य, विशाल और रंग-बिरंगे पोर्ट के मस्तूल और काले क्रेनों से परिपूर्ण सज्जा—लॉरी इन सबको अपनी तेज रफ्तार से पीछे छोड़ती हुई गोदी के ऊँचे-नीचे रास्तों में उछलती चली जा रही थी। अन्दर बैठे इमेनुअल और मरसो का सिर बहुत ज्यादा हँसने, गाड़ी के झटकों और अपने रक्त की तीव्र हो गई गति से चक्कर खाने लगा था।

बैलकोर्ट पहुँचकर मरसो इमेनुअल के साथ उतरा जो कि अब गाना गा रहा था, बहुत जोर से और बेसुरा। "तुम जानते हो," उसने मरसो से कहा, "ये आवाज अपने-आप मेरे सीने से आती है, जब मैं खुश होता हूँ या जब मैं नहाता हूँ।" यह सच था। इमेनुअल जब तैरता था, जरूर गाता था और उसकी आवाज जो इतनी आफतों में फट गई थी, समुद्र की हलचल में मालूम भी नहीं पड़ती थी, उसकी छोटी और मजबूत बाँहों के संचलन को ताल में रखती थी। वे दोनों लीओ* की गली में मुड़ गए। मरसो बड़े-बड़े कदमों से चल रहा था, अपने विशाल और शक्तिशाली कन्धों को सन्तुलित किये हुए। उसके पटरी पर चढ़ते हुए पैर रखने के तरीके में, अपना पीछे का हिस्सा घुमाकर, बार-बार पास आती हुई भीड़ को दूर करने में, उसका बदन बहुत ही युवा और बलशाली लगता था, अपने मालिक को चरम सीमा का शारीरिक आनन्द

* फ्रांस के दक्षिण में एक शहर।

देने के काबिल। आराम करते समय वह अपना बदन एक ही करवट पर रखता था, हल्की-सी लचक के आभास के साथ, उस खिलाड़ी की तरह जिसने उम्र-भर खेलकर अपने बदन को लचीला बनाया हो। उसकी घनी भौंहों के नीचे बड़ी चमकदार आँखें थीं और जब वह इमेनुअल से बात करता था तब मशीनी तरीके से, अपने वक्रित और चंचल होंठों को और दृढ़ करके, गले को आराम देने के लिए कॉलर को खींचता रहता था। वे दोनों अपने रेस्टोरेंट में गए, वहाँ बैठे और निस्तब्धता में खाना खाया। अन्दर छाया में बड़ी ठंडक थी। वहाँ मक्खियाँ थीं, और थी प्लेटों की खड़खड़ाहट और बातचीत। रेस्टोरेंट का मालिक सेलैस्त उनकी तरफ आया। वह लम्बा और मूँछोंवाला था और ऐप्रन उठाकर अपना पेट खुजा रहा था जो कि अब उसने वापस छोड़ दिया। "सब ठीक है?" इमेनुअल ने कहा, "बुड्ढे आदमियों के लिए।" वे बात करने लगे। सेलैस्त और इमेनुअल ने एक-दूसरे से कहा, "ओह यार!" और कन्धे थपथपाए। "बुड्ढे लोग, तुम जानते हो," सेलैस्त ने कहा, "वे कुछ बेवकूफ होते हैं। वे कहते हैं कि एक असल आदमी तो पचास साल की उमर में होता है। लेकिन यह इसलिए कि वे लोग पचास के आसपास होते हैं। मेरा एक दोस्त था, जो सबसे ज्यादा खुश सिर्फ अपने बेटे के साथ ही होता था। वे दोनों साथ-साथ बाहर जाते थे, साथ रँगरेलियाँ मनाते थे, केसिनो जाते थे। मेरा दोस्त कहा करता था, 'तुम क्यों चाहते हो कि मैं इन सब बुड्ढों के साथ आऊँ-जाऊँ? वे हर रोज मुझसे यही कहते हैं कि उन्होंने कोई रेचक दवाई ली है या कि उनका जिगर खराब है। इस सबसे अच्छा यही है कि मैं अपने बेटे के साथ रहूँ। जब कभी वह कोई छोटी-सी मुर्गी फँसाता है, मैं ऐसे जताने लगता हूँ जैसे कि कुछ देखा ही न हो, ट्राम में चढ़ जाता हूँ—"फिर मिलेंगे,

शुक्रिया! मैं बहुत खुश हूँ!" इमेनुअल हँसने लगा। "वैसे इस मामले में," सेलैस्त कहने लगा, "वह कोई विशेषज्ञ नहीं था। लेकिन मैं उसे बहुत चाहता था।" और फिर मरसो को सम्बोधित करके, "और फिर मुझे वे ज्यादा पसन्द था बनिस्बत मेरे एक और पुराने दोस्त के। जब वह कुछ बड़ा आदमी बन गया तो आसमान में सिर उठाकर बहुत हाथ फेंक-फेंककर बात करने लगा। अब उसका घमंड कम हुआ है। अब वह सब कुछ खो चुका।"

"अच्छा हुआ," मरसो ने कहा।

"जिन्दगी में कभी अपने-आपको बहुत ज्यादा नहीं समझना चाहिए। उसके अच्छे दिन आए थे और उसने ठीक किया था। नौ सौ हजार फ्रेंक थे उसके पास...अगर उसकी जगह मैं होता!"

"तुम क्या करते?" इमेनुअल ने कहा।

"मैं देहात में एक छोटी-सी कुटी खरीदता, अपनी नाभि में गोंद लगाकर एक झंडी लगाता। और फिर इन्तजार करता यह देखने के लिए कि हवा का क्या रुख है।"

मरसो चुपचाप खाना खा रहा था। तब तक इमेनुअल ने रेस्टोरेंट के मालिक को अपनी मार्न में लड़ी लड़ाई के मशहूर किस्से सुनाने शुरू कर दिए थे।

"उन्होंने हम युवाओं को मुठभेड़ में सबसे आगे कर दिया...।"

"फालतू बकवास कर रहे हो," मरसो ने सौम्यता से कहा।

"कमांडेंट ने कहा, 'धावा बोलो!' और तब हम नीचे उतरने लगे, एक घाटी-सी में जो कि पेड़ों से भरी थी। उसने हमें हमला करने को तो कहा लेकिन हमारे सामने कोई था ही नहीं। तो हम ऐसे ही आगे चलते गए, चलते गए। और तभी अचानक पीछे से हमारे ऊपर मशीनगन से

गोलियों की बौछार होने लगी। हम सब एक के ऊपर एक गिर पड़े। वहाँ इतने लोग घायल हुए और मरे कि उस सँकरी जगह में इतना खून बह रहा था कि तुम उसमें नाव चला सकते थे। वहाँ कुछ ऐसे भी थे जो चिल्लाते रहे, 'माँ, ये कितना भयंकर है!'"

मरसो उठा और अपने नैपकिन में एक गाँठ लगा दी। रेस्टोरेंट का मालिक उसके इस खाने का हिसाब चॉक से लिखने के लिए रसोई के दरवाजे के पीछे गया। ये ही उसकी हिसाब की किताब थी। जब कोई झगड़ा होता था तो वह दरवाजे को कब्जों में से निकालकर सारा हिसाब अपनी पीठ पर रखकर ले आता था। एक कोने में, रनै, मालिक का बेटा एक उबला अंडा खा रहा था : "बेचारा," इमेनुअल ने कहा, "दमे से खतम हो रहा है!" यह सच था। रनै साधारण तौर से बहुत ही शान्त और गम्भीर रहता था। वह बहुत दुबला नहीं था और उसकी निगाह में भी एक चमक थी। उसी समय एक ग्राहक उसे समझाने लगा कि 'अहतियात और समय के साथ तपेदिक ठीक हो जाती है।' उसने सुना और खाते-खाते बीच में भारीपन से सहमति जताई। मरसो काउंटर पर कॉफी लेने आया और उसके पास अपनी कोहनियाँ टिकाकर खड़ा हो गया। दूसरा कहता गया, "तुम जों पैरेज को नहीं जानते? वह जो गैस की कम्पनी में काम करता था? वह मर गया है। उसका सिर्फ एक ही फेफड़ा खराब था। लेकिन वह अस्पताल छोड़कर घर आना चाहता था, अपनी बीवी के पास। उस पर वह हमेशा सवार ही रहता था। अपनी बीमारी की वजह से उसका ऐसा हाल हो गया था। समझे तुम, सारे वक्त अपनी बीवी पर चढ़ा ही रहता था। बीवी तो नहीं चाहती थी लेकिन वह बड़ा हठी था। हर रोज दिन में तीन बार...बीमार तो था ही, खतम हो गया!" रनै, अपने दाँतों के बीच ब्रेड का टुकड़ा ज्यों-का-त्यों

दबाकर खाना छोड़ ध्यान से उस आदमी को देखने लगा। "हाँ," वह फिर अन्तिम रूप से बोला, "विपत्ति आती जल्दी है, लेकिन उससे पीछा छुड़ाने में समय लगता है।" मरसो ने भाप से ढाँपे हुए परकोलेटर पर उँगली से अपना नाम लिखा। अपनी आँखें झपकाईं। उसकी जिन्दगी हर रोज इस शान्त क्षयरोगी से लेकर गीतों-भरे इमेनुअल तक कॉफी और कोलतार की महक के बीच प्रदोलित होती थी, खुद उससे व उसके शौकों से बहुत परे अपने विचित्र अन्तःकरण में और अपने ही सत्य में। वही चीजें जो दूसरे वातावरण में उसे उन्मत्त करतीं, यहाँ अप्रभावित छोड़ देती थीं क्योंकि वे उसके जीवन का एक अंग बन गई थीं, यहाँ तक कि वह अपने-आपको अपने कमरे में फिर से अकेला पाकर अपने अन्दर प्रज्वलित जीवन-ज्योति को बुझा देने के भरसक प्रयत्न करता था।

"बताओ मरसो, तुम तो पढ़े-लिखे हो?" रेस्टोरेंट मालिक ने कहा।

"हाँ ठीक है," पातरिस बोला, "सब ठीक हो जाएगा।"

"ओह! आज सुबह-सुबह तुम बड़े जोश में हो।"

मरसो मुस्कराया, रेस्टोरेंट से निकला, गली पार की और अपने कमरे में ऊपर चला गया जो कि एक घोड़ों के मांस-विक्रेता की दुकान के ऊपर था। अपनी बालकनी से कुछ झुकने पर उसे लहू की गन्ध आती थी और वह वहाँ लगा ये साइनबोर्ड पढ़ सकता था, 'मनुष्य की अत्युत्तम विजय के नाम।' वह पलंग पर लेट गया। फिर उसने एक सिगरेट पी और सो गया।

वह उसी कमरे में रहता था जहाँ कभी उसकी माँ रहा करती थी। तीन कमरों के इस छोटे-से मकान में ये लोग काफी दिनों से रह रहे थे। अब अकेले होने से मरसो ने दो कमरे एक जान-पहचानवाले पीपागर को किराये पर दे दिए थे जो वहाँ अपनी बहन के साथ रहता था; और

सबसे अच्छा कमरा अपने लिए रखा था। उसकी माँ छप्पन वर्ष की उम्र में मरी थीं। वे खूबसूरत थीं और उन्होंने बड़ी शौकीन जिन्दगी गुजारी थी। तकरीबन चालीस साल की उमर में उन्हें एक भयंकर बीमारी ने पकड़ लिया। फिर उन्हें अपने सुन्दर कपड़े और साज-सज्जा का सब सामान छोड़कर अस्पताल के चोगों में गुजर करनी पड़ी। उनका चेहरा जगह-जगह से सूजकर विकृत हो गया। सूजी हुई अपनी टाँगों व कमजोरी की वजह से जाना-आना उन्हें एकदम बन्द करना पड़ा। आँखों से बहुत कम दिखने के कारण उस रंगहीन मकान में जिसकी देखभाल अब वे नहीं कर पाती थीं, टटोल-टटोलकर पागलों की तरह घूमती रहती थीं। अन्त अचानक और पलक झपकते हुआ। उन्हें मधुमेह की बीमारी थी जिसका उन्होंने कोई इलाज नहीं किया। लापरवाही से यह रोग और बढ़ गया। उसे अपनी पढ़ाई छोड़कर नौकरी ढूँढ़नी पड़ी। अपनी माँ की मौत तक उसने अपनी पढ़ाई व विचारशीलता जारी रखी थी। दस साल तक माँ ने वह हालत सही। वे इतने दिन जी गईं। आसपास रहनेवाले लोग उनके रोग के इतने आदी हो गए कि यह भूल ही गए कि वे एक गंभीर रोग की मरीज हैं और कभी भी प्राण त्याग सकती हैं। एक दिन वे मर गईं। आस-पड़ोस के लोगों ने मरसो के प्रति दुख व्यक्त किया। दफन-संस्कार से सभी बहुत आशंकित थे। सभी को मालूम था कि ये अपनी माँ को बहुत प्यार करता था। दूर के रिश्तेदारों को समझाया जाने लगा कि ज्यादा शोक न करें, ज्यादा न रोएँ जिससे पातरिस को अपना दुख और ज्यादा न महसूस हो। सबको उसका ध्यान रखने की खास हिदायत दे दी थी। वह बहरहाल अपने सबसे अच्छे कपड़ों में बाहर आया, हैट हाथ में लिये हुए और तैयारी देखने लगा। शव-यात्रा में साथ गया, धार्मिक संस्कार किये, मुट्ठी-भर माटी कब्र में डाली और हाथ जोड़े।

बस केवल एक बार उसने आश्चर्य व्यक्त किया और खेद प्रकट किया यह कहकर कि अन्त्येष्टि-क्रिया के लिए आए हुए लोगों के लिए इतनी कम गाड़ियाँ हैं! बस इतना ही। अगले दिन एक खिड़की पर 'किराए के लिए' साइन लगा था। आजकल वह अपनी माँ के कमरे में रहता था। गुजरे जमाने में उसकी माँ की गरीबी में कुछ मधुरता थी। जब वे दोनों शाम को मिलते और पेट्रोल के लैम्प की रोशनी में साथ-साथ शान्ति से खाना खाते थे तब उस सादगी और संक्षिप्तीकरण में एक छिपी हुई खुशी होती थी। उनके पास की बस्ती चुप रहती। मरसो अपनी माँ का थका-सा मुँह देखता और मुस्करा देता। वे भी मुस्करा देतीं। वह फिर खाना शुरू कर देता था। लैम्प में से थोड़ा-सा धुआँ आने लगता तो माँ उसे ठीक कर देतीं, उसी थकी हुई हालत में सिर्फ दायाँ हाथ बढ़ाकर, बाकी पूरा बदन पीछे गिरा हुआ रहता। 'तुझे और भूख नहीं है,' वे पूछा करती थीं। कुछ देर के बाद उत्तर मिलता, 'नहीं'! वह सिगरेट पी रहा होता था या पढ़ रहा होता था। अगर सिगरेट पी रहा होता तो वे कहा करती थीं, 'फिर वही बात!' अगर पढ़ रहा होता तो कहतीं, 'लैम्प के पास आ जा, तू अपनी आँखें खराब कर लेगा।' लेकिन अब अकेलेपन का यह दारिद्र्य बहुत दर्द भरा था। और जब मरसो उदासी से माँ के चले जाने के बारे में सोचता तो वास्तव में उसका दर्द वापस उसके ही ऊपर आ जाता था। वह कहीं ज्यादा आराम से रह सकता था लेकिन उसे इसी मकान और गरीबी की महक से लगाव था। यहाँ कम-से-कम वह उन चीजों से जुड़ा रह सकता था जो अब बीत चुकी और एक ऐसी जिन्दगी में जहाँ वह जान-बूझकर अपने-आपको मिटा देना चाहता था। अपने लिए उसकी यह धीरज-भरी जद्दोजहद उदासी और पश्चात्ताप के क्षणों में स्वयं अपने को जोड़े रहने का मौका देती थी। उसने दरवाजे

पर स्लेटी रंग का किनारों से घिसा हुआ गत्ते का वह टुकड़ा लगा रहने दिया था जिस पर उसकी माँ ने नीली पेंसिल से अपना नाम लिखा था। उसने सैटिन बेड कवर के साथ पीतल का पुराना पलंग, और अपने दादा जी का वह रूपचित्र भी जिसमें छोटी-सी दाढ़ी और निर्मल, निश्चल नेत्र हैं, अपने पास रख लिया था। मेंटलपीस के ऊपर एक पुरानी, रुकी हुई बड़ी घड़ी थी जिसके फ्रेम में चारों तरफ गड़रिये थे और पेट्रोल का एक लैम्प था जिसे वह करीब-करीब कभी नहीं जलाता था। कमरे की धुँधली-सी सजावट में पुआल की गद्दीवाली कुछ कुर्सियाँ, एक अलमारी जिसका शीशा पीला पड़ चुका था, कोना टूटी हुई एक ड्रेसिंग टेबल, शामिल थे पर यह सब उसके लिए न होने के बराबर था क्योंकि आदत ने अब सब कुछ धुंधला कर दिया था। वह जैसे फ्लैट की झूठी छाया में चलता-फिरता था जिसमें उसे कोई मेहनत भी नहीं पड़ती थी। किसी और कमरे में उसे नवीनता का अभ्यस्त होना पड़ेगा और यहाँ फिर संघर्ष की जरूरत होगी। वह चाहता था कि वह बहिर्तल जिसे वह दुनिया के सामने रखे, घटता जाए और खुद तब तक सोता रहे जब तक सब कुछ खत्म हो। इस योजना में यह कमरा उसके बहुत काम का था। इसकी एक खिड़की बाहर गली में खुलती थी और दूसरी छत पर जो हमेशा कपड़ों से भरी रहती थी। छत से आगे ऊँची दीवारों के बीच फँसे सन्तरे के छोटे-छोटे बगीचे दिखते थे। कई बार, गर्मियों की रातों में वह कमरे को अँधेरे में छोड़कर उस खिड़की को खोल देता था जो छत और अन्धकारावृत सन्तरों के बगीचों की ओर खुलती थी। रात से रात की ओर, सन्तरों की तेज सुगन्ध ऊपर चढ़ती थी और उसे अपने कोमल, रेशमी दुशाले में लपेट देती थी। इस तरह गर्मियों की पूरी रात वह खुद और यह कमरा इस गहन और प्रखर खुशबू में भीगे रहते थे,

और तब ऐसा लगता था जैसे इतने दिनों की लम्बी मौत के बाद उसने पहली बार अपनी खिड़की जिन्दगी पर खोली है!

वह सोकर उठा। उसका चेहरा नींद से भारी था और बदन पसीने से लथपथ। बहुत देरी हो चुकी थी। अपने बाल बनाकर वह नीचे दौड़ा और एक ट्राम पर छलाँग मारकर चढ़ गया। दो बजकर पाँच मिनट पर वह अपने दफ्तर में था। वह एक बड़े-से कमरे में काम करता था जिसकी चारों दीवारें 414 खानों से ढकी थीं, जिनमें फाइलें भरी हुई थीं। कमरा न तो गन्दा था, न उपेक्षित, लेकिन दिन के हर समय एक ऐसे दरबे की प्रतीति कराता था जहाँ घंटों मुर्दे सड़ चुके हों। मरसो ने लदान-भाड़े के बिल जाँचे, अंग्रेजी जहाजों की खाद्य-सामग्री की फेहरिस्तों का अनुवाद किया तथा तीन और चार के बीच उन ग्राहकों से मिला जो जहाज से सामान भेजना चाहते थे। वास्तव में यह काम उसका नहीं था, उसने माँग कर लिया था। लेकिन शुरू में उसने अनुभव किया कि यहाँ उसे जिन्दगी में शामिल होने का एक रास्ता मिल गया। यहाँ सजीव चेहरे थे, पुराने गाहक थे, एक गहमा-गहमी थी और था हवा का एक झोंका जिसमें उसे लगता कि उसका दिल अन्तत: धड़क रहा है। इस बहाने वह उन तीनों टाइपिस्टों के चेहरों से बच जाता था और दफ्तर के प्रमुख श्री लौंगलुआ से भी। उनमें से एक टाइपिस्ट काफी खुशमिजाज थी और उसने कुछ दिन पहले ही शादी की थी। दूसरी अपनी माँ के साथ रहती थी और तीसरी एक वृद्ध महिला थी, कर्मठ और सम्मानित जिसकी अलंकृत भाषा और उन विषयों पर चुप्पी जिन्हें श्री लौंगलुआ उसकी बदकिस्मती कहते थे, मरसो को बहुत पसन्द थी। वृद्ध मदाम हैरबिय्यों के साथ इनके कुछ एकदम सुनिश्चित विवाद हुए थे जिसमें ये हमेशा सही साबित हुई थी। वे श्री लौंगलुआ का तिरस्कार

हमेशा इसलिए करती थी क्योंकि उनकी पतलून, जब भी वे खड़े होते थे, पसीने से पीछे ही चिपकी रहती थी या अधीक्षक के सामने आते ही वे एकदम बौरा जाते थे, कभी-कभी टेलीफोन पर किसी एडवोकेट या किसी भी बड़े आदमी का नाम सुनकर एकदम घबरा जाते थे। वह बिचारे व्यर्थ ही उस वृद्ध महिला की कठोरता को नरम करने की कोशिश करते रहते थे या उसकी नजरों में चढ़ने का रास्ता ढूँढ़ते रहते थे। आज दोपहर को ही वे दफ्तर के बीचोबीच, बने-सँवरे इतरा रहे थे, "क्यों मदाम हैरबिय्यों, तुम मुझे कितना उपयुक्त समझती हो?" मरसो जो उस समय अनुवाद कर रहा था, 'सब्जी भाजी, शाक,' अपने सिर के ऊपर हरे धारीवाले गत्ते के शेड में लटके हुए बल्ब को गौर से देखने लगा। उसके सामने गहरे रंगों का एक कैलेंडर लगा हुआ था जिसमें न्यूफाउंडलैंड का एक धार्मिक रिवाज चित्रित था। उसकी मेज पर स्पंज, स्याही-सोख, स्याही की दवात तरतीब से लगे हुए थे! नॉर्वे में सफेद व पीले मालवाहक पोतों द्वारा लाई गई लकड़ी के बड़े-बड़े ढेर उसकी खिड़कियों से दिख रहे थे। उसने कान लगाए। दीवार के पीछे समुद्र पर और पोर्ट पर जिन्दगी लम्बी, दबी और गहरी साँस ले रही थी। इतनी दूर, फिर भी उसके इतने करीब...6 बजे की घंटी ने उसे मुक्त किया। शनिवार का दिन था।

घर पहुँचकर वह लेट गया और खाने के समय तक सोया। अपने लिए उसने अंडे बनाए और कढ़ाई में से ही खा लिये (बिना ब्रेड के क्योंकि ब्रेड खरीदना वह भूल गया था)। जब दुबारा लेटा तो एकदम नींद लग गई और अगले दिन सुबह तक सोया। वह खाने के समय से कुछ पहले उठा, मुँह-हाथ धोए और खाने के लिए नीचे गया। वापस ऊपर आकर उसने दो वर्ग-पहेलियाँ हल कीं, बड़े ध्यान से एक क्रूश्चन

साल्ट का विज्ञापन काटा और उस कॉपी में चिपकाया जो कि पहले ही जिन्दादिल बाबा-दादा-नानाओं की, फिसलनेपाट पर फिसलते हुए, तसवीरों से भरी थी। इतना करने के बाद उसने हाथ धोए और बालकनी में जाकर बैठ गया। यह दोपहर बड़ी खूबसूरत थी। फिर भी सड़क पर फिसलन थी और एक-दो ही लोग वहाँ से गुजर रहे थे, वह भी बड़ी जल्दी में। मरसो हर गुजरनेवाले को, शुरू से आखिर तक, जब वह आँख से ओझल नहीं होता था, बड़े गौर से देख रहा था, उसके बाद नये राहगीर को देखने लगता। पहले एक परिवार घूमने निकला, दो छोटे लड़के नाविक सूट में, घुटनों तक निकर व चुस्त कपड़ों में बहुत बेआराम दिख रहे थे और एक छोटी लड़की जिसके काले चमड़े के जूतों पर बड़ी-सी गुलाबी बो थी। उनके पीछे उनकी माँ गहरे भूरे लाल रंग की सिल्की पोशाक में, एक विशाल जीव एक बोआ लपेटे हुए। बाकी सबसे ज्यादा सुरुचिपूर्ण एक पिता, हाथ में छड़ी लिये हुए। थोड़ी देर बाद मोहल्ले के लड़के गुजरे, बाल एकदम सीधे पॉलिश किये हुए, लाल टाई, बेहद चुस्त कोट, पॉकेट के बॉर्डर पर कसीदा किया हुआ और चौड़े पंजों के जूते। वे लोग शहर के बीच में सिनेमा देखने जा रहे थे और जोर-जोर से हँसते हुए, ट्राम पकड़ने के लिए जल्दी कर रहे थे। उनके जाने के बाद रास्ता धीरे-धीरे सुनसान हो गया। शाम के शो सब जगह शुरू हो चुके थे। अब बस्ती दुकानदारों व बिल्लियों के हवाले हो गई थी। रास्ते के किनारे-किनारे लगे अंजीर के वृक्षों के ऊपर आसमान हालाँकि एकदम साफ पर दीप्तिरहित था। मरसो के सामने तम्बाकू बेचनेवाला अपने घर के बाहर एक कुर्सी खींच लाया और उसमें खूब फैलकर, हाथ कुर्सी के पीछे लटकाकर बैठ गया। ट्रामें, जिनमें कुछ ही देर पहले बहुत भीड़ थी, अब लगभग खाली चल रही थीं। छोटे

कॉफी हाउस 'शे पीयरो' में एक लड़का निर्जन कमरे में से लकड़ी का बुरादा झाड़ रहा था। मरसो ने अपनी कुर्सी घुमाकर तम्बाकूवाले की तरह से रख ली और एक के बाद एक, दो सिगरेटें लगातार पीं। फिर वह कमरे में लौटा, चॉकलेट का एक टुकड़ा तोड़ा और उसे खाने के लिए खिड़की के पास आ गया। थोड़ी देर बाद आसमान में अँधेरा छाने लगा और उसके बाद फिर से साफ हो गया। लेकिन बादलों के घिर आने से उस रास्ते में, जो इसी कारण अन्धकारमय हो गया था, बारिश आने की आशंका पक्की हो गई। पाँच बजे पास के स्टेडियम से शोर करते ट्रामवे आए दर्शक-समुदाय को लिये हुए जो गाड़ी के फुटबोर्डों पर और पटरी आदि को पकड़े लटके हुए थे। बाद में आनेवाले ट्रामवे खिलाड़ियों को वापस लाए जो कि छोटे-छोटे सूटकेसों के साथ होने से पहचाने जा सकते थे। वे खूब चिल्ला रहे थे, गला फाड़-फाड़कर गा रहे थे कि उनका क्लब कभी नहीं हारेगा। बहुतों ने मरसो की तरफ इशारे किये। एक चिल्लाया, 'अबके हमने दिखा दिया!' 'हाँ' मरसो ने समर्थन में सिर हिलाकर सिर्फ इतना कहा। अब मोटर कारें ज्यादा हो गईं। उनमें से कुछ ने अपने बम्पर व दरवाजों पर फूल सजा रखे थे। फिर, दिन कुछ और ढल गया। छतों के ऊपर आसमान अब सिन्दूरी हो गया था। शाम होते-होते रास्ते में फिर से हलचल हो गई। पैदल घूमनेवाले फिर से आ गए। थककर बच्चे या तो रोने लगे या पीछे-पीछे घिसटते रहे। इस समय बस्ती के सिनेमाघरों ने गली में ढेर-के-ढेर दर्शक उगले। उनके आवेश और दम्भपूर्ण हाथ चलाने, बाहर आते हुए टीका-टिप्पणी करने के तरीके से मरसो ने अन्दाजा लगा लिया था कि इन युवकों ने कोई अद्भुत साहस और जोखिम-भरी फिल्म देखी है। शहर के सिनेमाघरों से लौटनेवाले कुछ और देर से दिखे। वे ज्यादा गम्भीर

थे। आपसी हँसी-मजाक के बीच उनकी आँखों में, बात करने के तरीके में, उन भड़कीली जीवन-शैलियों के प्रति जो सिनेमा ने उनके सामने खोलकर रखी थी, एक तरह की अभिलाषापूर्ण स्मृति थी। वे रास्ते में रुके रहे, आते रहे, जाते रहे। आखिर में मरसो के सामनेवाली पगडंडी पर दो कतारें बन गईं। दोनों में से एक थी बस्ती की किशोर लड़कियों की जो बाल खोलकर एक-दूसरे का हाथ पकड़कर चल रही थीं और दूसरी थी किशोर लड़कों की जो मजाक कर रहे थे, चुटकुले सुना रहे ये। लड़कियाँ उन्हें सुनकर हँस रही थीं और दूसरी तरफ देख रही थीं। बड़ी उमर के गम्भीर लोग, कुछ कॉफी-हाउस में चले गए, कुछ वहीं फुटपाथ पर समूह बनाकर खड़े हो गए जैसे बहती हुई मानव-धारा के बीच टापू हों। गली में अब बिजली की बत्तियाँ जल गई थीं और उनकी रोशनी में रात्रिकालीन आकाश में निकले पहले-पहले सितारे पीले दिख रहे थे। मरसो के देखते-ही-देखते वह फुटपाथ आदमियों और रोशनी से भर गया था। तेज रोशनी में चिकने रास्ते अलग ही चमक रहे थे और ट्रामवे नियमित दूरी में चमकते बालों पर, भीगे होंठों पर, किसी मुस्कान पर या चाँदी के ब्रेसलेट पर दूर से प्रकाश फेंक रहे थे। थोड़ी देर बाद जब ट्रामवे बहुत कम हो गए और पेड़ों, लैम्पों के ऊपर रात और गहरी हो गई और बस्ती धीरे-धीरे चुप हो गई तो एक बिल्ली, दुबारा से वीरान हुई गली में निकली। मरसो शाम के खाने के बारे में सोचने लगा। इतनी देर तक कुर्सी पर टिकाए रखने से उसकी गर्दन में कुछ दर्द हो रहा था। वह कुछ ब्रेड और गूँधा हुआ आटा नीचे से खरीदकर लाया। खाना बनाया, खाया और फिर वापस खिड़की पर आ गया। लोग अब फिर बाहर आ रहे थे। हवा ठंडी हो गई थी। वह काँपने लगा और शीशे बन्द करके चिमनी पर लगे आईने के पास आया। कुछ उन

शामों को छोड़कर जब मार्थ उसके पास आई थी या वह उसके साथ बाहर गया था और ट्यूनिसिया में अपने कुछ मित्रों के साथ पत्र-व्यवहार को छोड़कर, उसकी सारी जिन्दगी इस कमरे के उस पीले प्रतिबिम्ब में समाई हुई थी जिसे वह आईना दर्शा रहा था और जिसमें वो गन्दा पेट्रोल लैम्प ब्रेड के टुकड़ों की सोहबत में रखा हुआ था।

'एक और रविवार कट गया,' मरसो ने कहा।

तीन

सन्ध्या समय जब मरसो रास्ते में घूम रहा था और यह देखकर गर्व से फूल रहा था कि मार्थ के मुँह पर प्रकाश और छाया एक-से चमकते हैं, उसे सब कुछ अद्भुत रूप से आसान दिखा, उसका साहस और उसकी शक्ति भी। वह उसका बड़ा कृतज्ञ था कि वह सबके सामने उसके साथ रहती थी, घूमती-फिरती थी, इस अपार सौन्दर्य को उड़ेलकर हर रोज वह उसे ऐसे पिलाती थी जैसे कोई अत्यन्त मादक मदिरा। अनाकर्षक मार्थ उसके लिए उतनी ही कष्टदायी होती जितना कि दूसरे पुरुषों की इच्छा में उसे तृप्त होते देखना। आज शाम वह उसके साथ सिनेमा-हॉल में शो शुरू होने से कुछ पहले अन्दर जाकर बहुत खुश था जबकि हॉल करीब-करीब पूरा भरा था। वह उसके आगे चल रही थी अपना फूल-सा मुस्काता, उन्मत्त कान्तिपूर्ण चेहरा लिये, प्रशंसापूर्ण निगाहों के बीच। उसने वहाँ अपना फेल्ट-हैट हाथ में लेकर खड़े हुए एक अलौकिक सरलता अनुभव की जैसे कि स्वयं अपने लालित्य का आन्तरिक अनुभव कर रहा हो। वह अत्यन्त अनासक्त व गम्भीर हो

गया। उसने अपनी शिष्टता जरूरत से ज्यादा बढ़ा दी। खुद पीछे हट गया ताकि गाइड आगे जा सके, मार्थ के लिए सीट नीची की ताकि वह बैठ सके। और यह सब औरों को दिखाने की इच्छा से किया हुआ कम था बनिस्बत उस कृतज्ञता के जो अचानक उसके हृदय में उमड़ पड़ी थी और जिसने उसे सभी लोगों के प्रति प्यार से भर दिया था। अगर उसने गाइड को जरूरत से ज्यादा बख्शीश दी तो सिर्फ इसलिए कि वह समझ नहीं पा रहा था कि कैसे अपने इस उल्लास को व्यक्त करे और इसलिए भी कि अपने इस सहज ढंग से उस देवत्व की पूजा कर सके जिसकी खिलती हुई मुस्कान उसकी आँखों में चिराग की तरह चमक रही थी। मध्यान्तर में हॉल में घूमते हुए वहाँ लगे शीशे उसे अपनी ही खुशी की उन प्रतिमाओं से भरे दिखे जो दीवारें उसे लौटा रही थीं, उस जगह को उसके भव्य व श्याम छाया-चित्रों व खिले हुए रंगों में सजी मार्थ की मुस्कान के सजीव व रमणीय प्रतिरूपों से आबाद कर रही थी। निश्चय ही उसे अपना वह चेहरा जिसे वह ऐसे देख रहा था, बहुत सुहा रहा था—सिगरेट थामे हुए चंचल मुँह और प्रेमावेश में जलती, कुछ धँसी हुई आँखें। लेकिन एक पुरुष की मुखशोभा उसकी अन्तर्भूत और उपयोगी यथार्थताओं की प्रतीक होती है। उसका चेहरा दिखाता है कि वह क्या कर सकता है। और ये क्या है, एक स्त्री के चेहरे की वैभवपूर्ण अनुपयोगिता के सामने। मरसो ये अच्छी तरह जानता था, मन-ही-मन अपनी अहंमन्यता का आनन्द ले रहा था और अपनी निजी खुशहाली पर प्रमुदित था।

हॉल में वापस आकर वह सोचने लगा कि जब वह अकेला था तो मध्यान्तर में कभी बाहर नहीं आता था, उसे वहीं बैठकर सिगरेट पीना और सुगम संगीत के रिकॉर्ड, जो इस समय बजाए जाते थे, सुनना

ज्यादा पसन्द था। लेकिन आज शाम ये मनोविनोद चलता रहा। उसे बढ़ाने या पुन: शुरू करने के हर मौके का उसने पूरा फायदा उठाया। बहरहाल, जब बैठने लगे, मार्थ ने कुछ पंक्तियों पीछे बैठे एक आदमी के अभिनन्दन का जवाब दिया और मरसो ने जब अपनी बारी का अभिनन्दन किया तो उसे वह आदमी अपने होंठों के किनारों में थोड़ा मुस्कराता-सा लगा। वह बैठ गया बिना उस हाथ पर ध्यान दिए जो मार्थ ने उसके कन्धे पर उससे बात करने की चाह से रखा था और जिसे एक मिनट पहले वह बड़े शौक से अपने हाथों में ले लेता, उस शक्ति के नये सबूत की तरह जो मार्थ उसमें देखती थी।

"वो कौन है?" उसने कहा—'कौन' का बड़े ही स्वाभाविक रूप से इन्तजार करते हुए जो उसे तत्काल मिल गया।

"तुम जानती तो हो। ये आदमी..."

"आ..." मार्थ ने कहा और चुप हो गई।

"हाँ तो?..."

"तुम अवश्य ही उसे जानना चाहते हो?"

"नहीं," मरसो ने कहा।

उसने धीरे-से पीछे मुड़कर देखा। वह एकदम निश्चल, मार्थ की गर्दन का पीछे का हिस्सा बड़े गौर से देख रहा था। देखने में वह काफी सुन्दर था, होंठ बड़े लुभावने व लाल थे लेकिन भावहीन आँखें उसके चेहरे पर उथली हुई सी रखी लगती थीं। अपनी कनपटी पर चढ़ती उभड़ते खून की सुर्खी मरसो ने महसूस की। उसकी एकाएक अँधिया गई आँखों में इस खूबसूरत साज-सज्जा के चमकीले रंग जिनमें वह पिछले कुछ घंटों से रम रहा था अचानक कालिख से ढक गए। अब वह कुछ भी सुनने को तैयार न था। इसमें कोई शक नहीं रह गया था

कि वह आदमी मार्थ के साथ सो चुका है। अब जो तहलका उसके दिमाग में मच रहा था वो यह कि ये आदमी उस वक्त क्या सोच रहा होगा। वह अच्छी तरह जानता था कि उसके खयाल क्या होंगे। वह खुद भी ऐसा कई बार सोच चुका था...'तुम चाहे कितनी भी शेखी बघार लो...' यह सोचकर कि ये आदमी उस समय भी मार्थ को अपनी आँखों में हर तरह से देख रहा था—उन्माद के क्षणों में मार्थ का बाँहों से आँखों का ढकना; फिर ये सोचकर कि अपनी प्रेमिका की आँखों में कामदेव के अकुलाते आनन्द की झलक देखने के लिए इस आदमी ने वह बाँह हटाई होगी—उसे लगा जैसे उसके अन्दर सब कुछ नष्ट हो गया है। और जब शो शुरू होने के लिए सिनेमा की घंटी बजी तो उसकी बन्द आँखों में अत्यन्त रोष के आँसू उमड़ आए। वह उस मार्थ को भूल गया जो अब तक उसके हर्ष का सिर्फ बहाना थी और अब उसके क्रोध की जीती-जागती मूरत। बहुत देर तक मरसो अपनी आँखें बन्द किये बैठा रहा, फिर खोली सामने परदे पर। एक गाड़ी उलट गई थी और वहाँ आसपास की गड़बड़ की अपूर्व शान्ति में, एक अकेला पहिया अभी तक धीरे-धीरे लगातार घूमे जा रहा था—अपने हठीले वृत्त में मरसो के ठेस लगे हृदय से उत्पन्न सारे अपमान व ग्लानि को घसीटते हुए। लेकिन असन्दिग्ध तथ्य जानने की भभकती आवश्यकता ने उसके भीतर मान-सम्मान का सारा संयम भुला दिया।

"मार्थ, वो कभी तुम्हारा प्रेमी था?"

"हाँ," उसने कहा, "लेकिन मुझे पिक्चर अच्छी लग रही है।"

उस दिन मरसो का मार्थ से गहरा लगाव शुरू हुआ। वह उसे पिछले कुछ महीनों से जानता था और उसके सौन्दर्य व लालित्य से बहुत प्रभावित था। कुछ बड़े लेकिन समरूप चेहरे पर सुनहरी आँखें,

निपुणता से सजाए होंठ—किसी देवी का चित्रित रूप लगती थी वह। एक स्वाभाविक नादानी जो उसकी आँखों में चमकती थी, उसके दूरस्थ व भावशून्य मिजाज को और उभार देती थी। अब तक हर बार जब भी मरसो ने अपने-आपको किसी स्त्री के प्रेम बन्धन में पहली बार बाँधा, इस दुर्भाग्यपूर्ण तथ्य को जानते हुए कि प्यार और कामना इसी एक तरीके से अभिव्यक्त होते हैं, वह इस जान को अपनी बाँहों में भरने से पहले, विच्छेद के बारे में सोचा करता था। लेकिन मार्थ ऐसे अवसर पर आई जबकि मरसो अपने-आपको सब चीजों से, और अपने-आपसे भी मुक्त करने में लगा हुआ था। मोक्ष और स्वाधीनता की इच्छा सिर्फ उस प्राणी को होती है जो आशा के सहारे जी रहा हो। मरसो के लिए उन दिनों सब कुछ निरर्थक हो चुका था। और पहली बार जब मार्थ उसकी बाँहों में सिमटकर शिथिल हो गई, उसके नक्श नजदीक होने की वजह से धुँधले दिखने लगे, उसके होंठ जो अब तक चित्रित फूलों की तरह अचल थे जब सजीव हो उसकी ओर बढ़ गए, उस समय मरसो ने इस स्त्री में भावी जीवन नहीं बल्कि अपनी समूची काम-वासना केन्द्रित देखी जो कि इसी भव्य रूप से तृप्त हो रही थी। वे अधर जो उसने अर्पित किये, मरसो को एक भावहीन वासना से भरे संसार का सन्देश लगे जहाँ वह अपने हृदय को पूरी तरह सन्तुष्ट कर सकता था। यह उसे एक चमत्कार प्रतीत हुआ। उसका हृदय भावावेग में जोर-जोर से धड़कने लगा, जिसे उसने प्यार समझा और जब उसने अपने दाँतों से उसके होंठों के नीचे लबलबाता, लचीले मांस का स्पर्श किया तो उसे जैसे एक बेताब उन्मत्तता ने बेकाबू कर दिया और वह उसके अधरों को चूमता रहा, बहुत देर तक। उसी दिन वह उसकी प्रेयसी बन गई। कुछ समय बाद उनके देह सम्बन्ध एकदम सहज हो गए। लेकिन उसे

ज्यादा गहराई से जानने के साथ-साथ मार्थ में जो अजनबीपन का आभास था अब धीरे-धीरे खोता जा रहा था जिसे कि वह उसके होंठों पर झुके हुए अब भी कई बार याद दिलाने की कोशिश करता था। इसी वजह से मार्थ, जो कि अब मरसो की मितभाषिता और रूखेपन की आदी हो गई थी, यह कभी न समझ पाई कि एक दिन लोगों से खचाखच भरी ट्रामवे में उसने क्यों उससे पास आने के लिए कहा था। घबराकर उसने अपना मुँह आगे बढ़ा दिया था और वह उसके होंठ एकदम चूमने लगा था जैसे उसे बहुत पसन्द था—पहले अपने होंठों से खूब चूमता था, फिर धीरे-धीरे काटने लगता था।

"ये तुम्हें क्या हो गया?" उसने बाद में उससे पूछा। जवाब में वह मुस्करा दिया। वही संक्षिप्त मुस्कान जो उसे बहुत पसन्द थी और जो उसका जवाब भी थी। उसने कहा, "शरारत करने का मन कर रहा है," और फिर डूब गया अपनी खामोशी में। वह पातरिस के शब्दों का मतलब भी नहीं समझी। प्यार करने के बाद उन क्षणों में जब हृदय हल्के हुए बन्धन-मुक्त बदन में सुस्ताता है, सिर्फ उस मधुर अनुराग से भरा हुआ जो कि हम एक लुभावने पिल्ले के लिए अनुभव करते हैं। मरसो उससे हँसते-हँसते कहता था, "हैलो प्रतिमा!"

मार्थ एक सेक्रेटरी थी। उसे मरसो से प्यार नहीं था, बस इतना-सा लगाव था कि वह उसके बारे में और जानने को उत्सुक हो गई थी और उससे अपनी तारीफ सुन लेती थी। उसी दिन से जब इमेनुअल ने, जिसे कि मरसो ने उससे मिलवाया था, उससे कहा था, 'देखो, ये मरसो बड़ा अच्छा आदमी है, बड़ा दम है इसमें, लेकिन अपने-आपमें बन्द रहता है। लोग इसीलिए इसे गलत समझते हैं'। वह उसे बड़ी जिज्ञासा से देखा करती थी। और क्योंकि वह उसके प्यार करने से बहुत खुश थी

इसीलिए अपने-आपको अपने इस शान्तिप्रिय शान्त प्रेमी के, जो उसे तभी लेता था जब वह चाहती थी, ज्यादा-से-ज्यादा अनुकूल करते हुए, और ज्यादा कभी कुछ न माँगती थी। बस वह उस बात से थोड़ी-सी परेशान थी कि इस आदमी की कमजोरियाँ अभी तक उसे पता नहीं लग पाईं।

लेकिन उस शाम, सिनेमा से बाहर निकलते हुए उसे मालूम था कि कोई भी बात मरसो को लग सकती है। वह पूरी शाम एकदम चुप रही और उसके साथ सोई। उसने रात-भर उसे छुआ तक नहीं। लेकिन इसके बाद से उसने अपनी बेहतर परिस्थिति का इस्तेमाल किया। उसने तो उसे पहले ही बता दिया था कि वह कुछ और लोगों से प्यार कर चुकी है। अब उसने आवश्यक प्रमाण भी जुटा लिये थे।

अगले दिन, अपनी आदत के विपरीत, काम से लौटते हुए वह उसके घर गई। वह उसे सोता हुआ मिला। पीतल के पलंग के पैरों में वह बिना उसे उठाए बैठ गई। उसने बाँहोंवाली कमीज पहनी हुई थी और चढ़ी हुई बाँहों में से आगे की गठीली व साँवली बाँह का नीचे का गोरा हिस्सा दिख रहा था। वो नियमित रूप से पेट और छाती से बराबर साँस ले रहा था। भृकुटियों के बीच पड़ी दो शिकनें उसे उस दृढ़ता व ताकत का संकेत दे रही थीं जिसे मार्थ अच्छी तरह जानती थी। उसके घुँघराले बाल धूप से काले पड़े मस्तक पर पड़े थे और वहाँ एक नस उभरी हुई थी। यूँ लापरवाही से अपने विशाल कच्छों पर लेटा हुआ—बाँहें बदन के सहारे, एक टाँग आधी मोड़ी हुई—वह एक देवता-जैसा लग रहा था, अकेला और जिद्दी जो किसी अनजान दुनिया में गिरकर सो गया हो। उसके मधुर व नींद-भरे होंठों को देखते-देखते वह उसे चाहने लगी। उसने उसी समय अपनी आँखें आधी खोलीं और दुबारा बन्द करते हुए सहज भाव से कहा, "मैं नहीं चाहता कि कोई

मुझे सोता हुआ देखे।" उसने उछलकर उसके गले को चूम लिया। मरसो जरा भी न हिला।

"ओ प्रिय, अब तुम्हें फिर कोई सनक सवार हो गई!"

"कृपा करके मुझे 'प्रिय' मत कहो, ये मैं तुमसे पहले भी कह चुका हूँ।"

वह उसके साथ लेट गई और उसे एक तरफ से देखकर बोली, "मैं सोच रही हूँ, ऐसे सोए हुए तुम किसकी तरह लगते हो।"

उसने अपनी पतलून ऊपर को खींची और उसकी तरफ पीठ करके लेट गया। मार्थ बहुत बार सिनेमा में, अजनबियों में, नाटकों में, मरसो से मिलती-जुलती समरूपताएँ बताया करती थी। मरसो इसे उस पर अपने प्रभाव का माप समझता था। लेकिन यह आदत जो उसे हमेशा खुश किया करती थी, आज उसे गुस्सा दिला रही थी। वह उसकी कमर से चिपक गई और उसकी नींद की सारी गरमाई अपने बदन में ले ली। जल्द ही शाम हो गई और कमरा अँधेरे से भर गया। इमारत के अन्दर कहीं से बच्चों के रोने की आवाज आ रही थी, कहीं से बिल्ली की म्याऊँ-म्याऊँ और एक दरवाजा बन्द होने की आवाज। रास्ते की बत्तियाँ जल गईं जिससे बालकनी में खूब रोशनी हो गई। ट्रामवे कभी-कभी गुजर रहे थे। और उसके बाद आस-पड़ोस से सौंफ की शराब व भुनते हुए गोश्त की खुशबू हवा के भारी झोंकों के साथ ऊपर कमरे में भर गई।

मार्थ को नींद आने लगी। "तुम नाराज दिख रहे हो," उसने कहा, "कल भी...इसी वजह से तो मैं आई हूँ। तुम कुछ बोलोगे नहीं?" उसने उसे झकझोरा। मरसो एकदम निश्चल पड़ा रहा। वह अँधेरे में, जो अब काफी गहरा हो गया था, ड्रेसिंग टेबल के नीचे रखे जूते की चमकती बाहरी गोलाई देखता रहा।

“सुनो,” मार्थ ने कहा, “वो जो आदमी कल मिला था, मैंने तो ऐसे ही कह दिया था। वो तो कभी भी मेरा प्रेमी नहीं था।”

“नहीं?” मरसो ने कहा।

“हाँ, प्रेमी तो नहीं कह सकते।”

मरसो कुछ नहीं बोला। उसे उस आदमी की अंग-भंगिमा, वह मुस्कराहट सब याद था...उसने दाँत भींच लिये। फिर वह उठा, खिड़की खोली और वापस बिस्तर में आकर लेट गया। वह भी उसके साथ सिमट गई, कमीज के बटनों के बीच में हाथ डाला और उसके वक्षस्थल के दोनों उभारों को चूम लिया।

“कितने प्रेमी रह चुके हैं तुम्हारे?” आखिर में वह बोला।

“तुम मुझे तंग कर रहे हो!”

मरसो चुप हो गया।

“करीबन दस!” फिर उसने कहा।

नींद आने पर मरसो को हमेशा सिगरेट की जरूरत होती थी। “मैं उन्हें जानता हूँ?” उसने सिगरेट का पैकेट निकालते हुए कहा।

अब उसे मार्थ के चेहरे के स्थान पर सिर्फ एक सफेद आकृति दिख रही थी। ‘जैसे प्यार करते समय’, वो सोच रहा था, ‘हाँ, कुछेक को, जो यहाँ रहते हैं।’ वो उसके कन्धे पर अपना सिर रगड़ने लगी और छोटी-सी बच्ची-जैसी तोतली आवाज में बोलने लगी जो हमेशा मरसो को नरमा देती थी। “मेरी बात सुनो,” उसने कहा...(उसने अपनी सिगरेट सुलगाई) “और मुझे समझने की कोशिश करो। तुम मुझे उन सबके नाम बताने का वायदा करोगी। और वे दूसरे, जिन्हें मैं नहीं जानता, तुम फिर वायदा करोगी कि अगर वे कभी सामने पड़े तो तुम मुझे दिखाओगी।”

मार्थ पीछे हट गई, “नहीं-नहीं।”

एक कार ठीक उसके कमरे की खिड़की के नीचे जोर-जोर से हॉर्न बजाने लगी, एक बार, दो बार, फिर लगातार। रात की गहराई में एक ट्राम कहीं चीखकर रुकी। सिंगार मेज के संगमरमर पर रखी अलार्म घड़ी उस सन्नाटे में टिक-टिक किये जा रही थी। मरसो कुछ सोचता हुआ फिर बोला, "मैं ये तुमसे इसलिए कह रहा हूँ क्योंकि मैं अपने-आपको जानता हूँ। अगर मुझे मालूम नहीं होगा तो हर उस आदमी के साथ जिससे मैं मिलूँगा, यही किस्सा होगा। मैं सोचने लगूँगा, कल्पना करने लगूँगा। ये बात है। मेरे विचार बहुत दौड़ते हैं। पता नहीं तुम्हें यह सब समझ में आया भी है या नहीं।"

वह समझ गई और उसे आश्चर्य हुआ। फिर उसने नाम बता दिए। उनमें से सिर्फ एक को मरसो नहीं जानता था। ये अन्तिम युवक वह था जिसे वह जानता था और वही उसके ध्यान में भी था क्योंकि वह बड़ा खूबसूरत था और औरतें उस पर जान देती थीं। प्यार के बारे में जो बात उसे बहुत अजीब लगती थी, वह थी कि कम-से-कम पहली बार कोई स्त्री कैसे वह भयावह घनिष्ठता स्वीकार करती है और कैसे किसी अनजाने शरीर को अपने में प्रतिग्रहण करती है! इसी आत्मसमर्पण में, उन्माद में, पूर्ण बन्धन-मुक्तता में वह प्रेम की उत्कर्षक व निंद्य शक्ति को मान्यता देता था। और सबसे पहले उसे मार्थ और उसके प्रेमी के बीच इसी निकटता का खयाल आया। इस समय वह पलंग के किनारे अपना बायाँ पैर सीधे रखकर बैठी थी। उसने पहले एक जूता उतारा, फिर दूसरा उतारकर नीचे गिरा दिया जिनमें से एक गिरकर टेढ़ा अपनी बाजू पर लेट गया और दूसरा सीधा ऊँची एड़ी पर खड़ा रहा। मरसो को अपना गला घुटता-सा लगा। उसे अन्दर-ही-अन्दर जैसे कुछ खाए जा रहा था।

"तो इस तरीके से, रनै के साथ प्यार ऐसे करती हो तुम?" उसने मुस्कराते हुए कहा।

मार्थ ने आँखें ऊपर उठाईं, "क्यों अपने भेजे में ये फालतू बातें भर रहे हो!" उसने कहा, "उससे मैंने सिर्फ एक बार प्यार किया था।"

"ओह!" मरसो ने कहा।

"और फिर, मैंने अपने जूते भी नहीं उतारे थे।"

मरसो उठ गया। उसने उसे देखा—उलटे लेटे हुए, सब कपड़े पहने हुए इसी तरह के किसी पलंग पर, और फिर सब कुछ बिना किसी हिचक के समर्पित करते हुए। वह जोर से चिल्लाया, "बन्द करो ये सब!" और खिड़की की तरफ चला गया।

"ओ प्रियतम!" मार्थ ने पलंग पर बैठे-बैठे कहा, उसके मोजे पहने हुए नंगे पैर जमीन पर थे।

मरसो पटरियों पर अठखेलियाँ करती हुई रास्ते की बत्तियों को देखकर कुछ शान्त हुआ। उसने अपने-आपको मार्थ के इतने करीब पहले कभी महसूस नहीं किया था। और ये सोचकर कि इसी एक आघात से वह उसके प्रति और खुल गया है, अभिमान से उसकी आँखें जलने लगीं। वह उसके पास वापस आया और अपनी तर्जनी व अँगूठे से उसके कान के नीचे, गले की तप्त त्वचा को चुटकी में भर लिया। वो मुस्कराने लगा।

"और ये जागरियस, ये कौन है? इसी एक को मैं नहीं जानता।"

"वो," मार्थ ने हँसते हुए कहा, "उससे मैं अब भी मिलती हूँ!"

मरसो की चुटकी उसकी त्वचा पर और जकड़ गई।

"वो मेरा पहला प्रेमी है, तुम समझे। मैं बहुत छोटी थी। वो मुझसे कुछ बड़ा था। अब तो उसकी दोनों टाँगें कट गई हैं। वो बिलकुल

अकेला रहता है। इसलिए मैं कभी-कभी उसे देखने जाती हूँ। वो एक अच्छा आदमी है, पढ़ा-लिखा है। सारे वक्त पढ़ता रहता है। उन दिनों वह विद्यार्थी था। बहुत ही हँसमुख है। क्या आदमी है, वाह! और फिर उसने तुम्हारी तरह ही कहा था। उसने मुझसे कहा था, 'यहाँ आओ प्रतिमा!'"

मरसो विचारों में डूब गया। उसने मार्थ को छोड़ दिया जो बिस्तर में आँखें मूँदकर लेट गई। थोड़ी देर बाद वह उसके पास जाकर बैठ गया और उसके अधखुले होंठों पर झुककर कामुक दिव्यता के लक्षण और उस दुख को, जो उसके खयाल में अनुपयुक्त था, भुलाने की विधि ढूँढ़ने लगा। लेकिन उसने उसका मुँह बिना और आगे बढ़े छोड़ दिया।

मार्थ को घर वापस ले जाते समय रास्ते में उसने उससे जागरियस की बातें कीं : "मैंने उससे तुम्हारे बारे में बात की थी," उसने कहा, "मैंने उससे कहा था कि मेरा प्रीतम बहुत सुन्दर है, बहुत बलशाली है। तो उसने मुझसे कहा कि वह तुमसे मिलना चाहेगा। क्योंकि जैसा कि उसने कहा था, 'खूबसूरत बदन देखकर मैं आसानी से साँस ले सकता हूँ।'"

"बड़ा पागल लगता है ये तो।" मरसो ने कहा।

मार्थ उसे खुश करना चाहती थी और जान गई थी कि अब जलन का वह छोटा-सा नाटक जो उसने मन में रच रखा था और जिसके लिए किसी कारण से वह अपने-आपको मरसो के प्रति अनुगृहीत समझती थी, सामने रखने का समय आ गया है।

"ओ, वो तुम्हारे दोस्तों से तो कम ही पागल है।"

"कौन-से दोस्त?" मरसो ने कहा, सचमुच में आश्चर्य से।

"वो दोनों बेवकूफ, तुम जानते हो?"

ये बेवकूफ थे—रोज और क्लैयर, ट्यूनिस से आए हुए छात्र जिनको मरसो जानता था और जिनके साथ उसने अपने जीवन का एकमात्र पत्र-व्यवहार कायम रखा था। वह हँसा और मार्थ की गर्दन के पिछले भाग पर अपना हाथ रखा। वे बहुत देर तक साथ चलते रहे। मार्थ फौजी कवायदवाले मैदान के पास रहती थी। वह गली लम्बी थी और उसका ऊपरी हिस्सा घरों की खुली खिड़कियों से आई रोशनी से चमचमा रहा था जबकि नीचे सब दुकानें बन्द होने की वजह से बिलकुल अँधेरा और मनहूसियत थी।

"बताओ, तुम्हें क्या वे पसन्द नहीं, वे दोनों बुद्धू?"

"अरे नहीं," मरसो ने कहा।

वे चलते रहे। मरसो का हाथ अभी तक मार्थ की गर्दन के पिछले हिस्से पर था, बालों की गरमाई से ढका हुआ।

"तुम मुझे प्यार करते हो," मार्थ ने कहा, बिना किसी प्रसंग के। मरसो एकदम खिलखिलाकर जोर से हँस पड़ा।

"बड़ा गम्भीर प्रश्न है।"

"जवाब दो!"

"लेकिन इस उमर में हम प्यार नहीं करते, समझी। हम एक-दूसरे को अच्छे लगते हैं, बस। ये तो बाद में, जब हम बुड्ढे और नाकाबिल हो जाते हैं, तब प्यार करने लगते हैं। इस उमर में हम समझते हैं कि हम प्यार कर रहे हैं। यह बात है।"

वह उदास हो गई लेकिन मरसो ने उसे बाँहों में समेट लिया : "फिर मिलेंगे," मार्थ ने कहा।

मरसो अँधेरे रास्तों से वापस आया। वह जल्दी चल रहा था। उसकी पतलून का रेशमी कपड़ा जाँघों के सहारे बार-बार फिसलकर

सरसराहट पैदा कर रहा था जिससे उसे गुदगुदी हुई और जागरियस तथा उसकी कटी टाँगों का ध्यान आया। उसके मन में उसे जानने की इच्छा हुई और उसने तय किया कि मार्थ से वह जागरियस से मिलवाने के लिए कहेगा।

पहली बार जब मरसो जागरियस से मिला तो वह क्षुब्ध था। फिर भी जागरियस ने पूरी कोशिश की कि वातावरण में किसी तरह का तनाव या झिझक न रहे जबकि एक स्त्री के दो प्रेमी उसके सामने ही मिल रहे हों। इसी वजह से उसने जोर-जोर से हँसकर और मार्थ से 'एक अच्छी लड़की' की तरह व्यवहार करके मरसो को अपना साझी महसूस कराने की कोशिश की। मरसो हैरानी से चुप रहा और जैसे ही वे लोग अकेले हुए, उसने मार्थ को अपनी अरुचि एकदम साफ-साफ बता दी।

"मुझे ये आधे हिस्से पसन्द नहीं हैं। इन पर मुझे चिढ़ आती है। ये मुझे सोचने से रोकते हैं। और वे तो बिलकुल ही कम जो बढ़-चढ़कर बात करते हों।"

"ओह, तुम," मार्थ ने जवाब दिया जो कुछ भी नहीं समझी थी, "और कोई तुम्हारी बात सुने तो..."

लेकिन बाद में, जोर-जोर की वही हँसी जिस पर पहले जागरियस के यहाँ उसे खीज आ रही थी, अब उसका ध्यान आकर्षित करने लगी और उसे भाने लगी। वह जलन जिसे वह ठीक से छुपा न पाया था और जिसने उसे यह निर्णय लेने के लिए उकसाया था, जागरियस से मिलकर खत्म हो गई। मार्थ को, जब वह अनायास ही उन दिनों की याद कर रही थी जब वह पहली बार जागरियस से मिली थी, उसने सलाह दी, "अपना समय बर्बाद मत करो। मैं उस आदमी से क्या ईर्ष्या करूँगा जिसकी टाँगें ही न हों। जब भी मैं थोड़ा-बहुत तुम दोनों के बारे

में सोचता हूँ तो वह मुझे तुम्हारे ऊपर एक मोटा-सा कीड़े-जैसा लगता है। और ये सोचकर मुझे हँसी आती है, समझी तुम! मत अपने-आपको परेशान करो, मेरी रानी।"

और उसके बाद वह अकेला जागरियस के पास गया। जागरियस ने जल्दी-जल्दी बहुत बातें कीं, बहुत हँसा, फिर चुप हो गया। मरसो को वहाँ अच्छा लग रहा था, उस बड़े-से कमरे में जहाँ जागरियस रहता था अपनी किताबों के बीच और मोरक्को के ताँबे की चीजों से घिरा हुआ, वहाँ जलती हुई आग और उसकी पढ़ने की मेज पर रखे हुए खमेर बुद्ध के विचारशील चेहरे पर पड़ती हुई परछाइयाँ। वह जागरियस की बातें सुन रहा था। इस अपाहिज की यह बात उसे बहुत अच्छी लगी कि बोलने से पहले वह अच्छी तरह सोचता था। बाकी उसकी प्रतिबद्ध लालसाएँ, जोश-भरी जिन्दगी जो उस बेतुके धड़ में जान डाले हुए थी, मरसो को मोहित करने के लिए काफी थीं और उसके हृदय में कुछ ऐसे भाव पैदा हुए जिन्हें थोड़ी और संयमहीन भावुकता में सहज ही मैत्री समझा जा सकता था।

चार

इस इतवार की दोपहर को, बहुत बोलने और हँसी-मजाक करने के बाद रोलों जागरियस आग के पास अपनी बड़ी-सी पहियेदार कुर्सी में सफेद कम्बल में लिपटा हुआ चुप बैठा था। मरसो किताबों की अलमारी के सहारे खड़ा खिड़की में लगे सफेद रेशमी परदों में से आसमान की ओर देख रहा था और आसपास की हरियाली को भी। वह एक हल्की-सी फुहार में आ गया था और बहुत जल्दी पहुँचने के डर से करीब एक घंटा वहीं बाहर घूमता रहा। दिन अन्धकारमय था और धीमी बहनेवाली हवा के कारण उस घाटी की नीरवता में मरसो पेड़-पत्तों को हिलते-मुड़ते देख रहा था। सड़क के किनारे से दूध की एक गाड़ी लोहे की बाल्टियों व लकड़ी के तख्तों का जोरदार शोर करती हुई गुजर गई। करीब-करीब तभी बारिश तेज हो गई और खिड़कियाँ पानी से भर गईं, इतने पानी से जैसे किसी ने गाढ़ा तेल शीशों पर गिरा दिया हो, घोड़े के टापों की मन्द व दूर से आती हुई आवाज जो कि अब ज्यादा सुनाई दे रही थी, बावजूद उस गाड़ी के

गुजरने के तेज शोरगुल में लगातार बारिश की झड़ी के, मिट्टी की तरह आग के पास रखा ये आदमी, कमरे की निस्तब्धता, सब कुछ एक पुरानी याद दिला रहे थे; जिसका मीठा दर्द मरसो के हृदय को ऐसे बींध रहा था जैसे कि अभी कुछ ही क्षण पहले पानी ने उसके जूतों को भिगो दिया हो और शीत उसके पतले कपड़े से ढके घुटनों में घुस गया हो। अभी कुछ ही देर पहले पानी की गिरती हुई फुहियों ने, जो न धुन्ध थी, न मेह, उसका चेहरा धोया था जैसे किसी का हल्का हाथ हो और उसकी बड़े-बड़े काले घेरे पड़ी आँखों को और स्पष्ट कर दिया था। अब वह आकाश को देख रहा था जिसकी गहराई में से काले बादल लगातार उठ रहे थे, कभी आपस में खो जाते थे कभी जगह बदल लेते थे। उसकी पतलून की क्रीज अब खत्म हो चुकी थी और उसी के साथ वह उत्साह और आत्मविश्वास भी जो कि एक सामान्य मनुष्य अपने साथ उस दुनिया में लाता है जो उसके लिए बनाई गई हो। इसी वजह से अब वह आग के और जागरियस के नजदीक आ गया, उसके ठीक सामने बैठते हुए उस ऊँचे मेंटलपीस की छाया में लेकिन इस तरह कि आसमान दिखता रहे। जागरियस ने उसे देखा, आँखें हटा लीं और फिर कागज तोड़-मरोड़कर बनाया हुआ एक गोला जो उसने बाएँ हाथ में पकड़ रखा था, आग में फेंक दिया। हमेशा की तरह उपहासजनक इस हरकत से मरसो उतना ही अशान्त हो गया जितना कि इस शरीर को देखकर होता था जिसका सिर्फ आधा हिस्सा ही जी रहा था। जागरियस मुस्कराया लेकिन कुछ बोला नहीं और अचानक उसने अपना चेहरा उसकी तरफ बढ़ाया। आग की लौ में सिर्फ उसका बायाँ गाल ही चमक रहा था लेकिन किसी वजह से उसकी आवाज व निगाह में बड़ा जोश था।

"तुम थके हुए लग रहे हो," उसने कहा।

मरसो ने शालीनता से सिर्फ इतना कहा, "हाँ, मैं कुछ उकता गया हूँ।" कुछ देर बाद अपने-आपको तैयार करके वह खिड़की की तरफ गया और फिर बाहर देखते हुए बोला, "मेरा शादी करने का मन होता है या आत्महत्या करने का या 'इलस्ट्रेशन' (एक पत्रिका का नाम) का शुल्क देकर ग्राहक बनने का। कुछ ऐसा जो उद्दंड हो, उग्र हो।"

जागरियस हँसने लगा, "तुम निर्धन हो, मरसो! तुम्हारे मन उकताने की आधी वजह तो यह है। और दूसरी आधी है तुम्हारी बेतुकी सहमति जो तुम इस निर्धनता को देते हो।"

मरसो अभी तक उसकी ओर पीठ करके ही खड़ा था और हवा में हिलते हुए पेड़ देख रहा था। जागरियस ने हाथ से खींचकर वह कम्बल ठीक किया जो उसकी टाँगों को ढके हुए था। "देखो, कोई भी आदमी अपने-आपको उस सन्तुलन से परखता है जिसे वह अपनी शारीरिक जरूरतों और मानसिक आवश्यकताओं के बीच ला सकता है। तुम इस वक्त भी अपने-आपको आँक रहे हो मरसो और बड़े बेढंगे तरीके से। तुम भद्देपन से जीते हो। असभ्यों की तरह।" उसने पातरिस की तरफ देखकर कहा, "तुम्हें गाड़ी चलाना अच्छा लगता है, है ना?"

"हाँ!"

"तुम्हें औरतें अच्छी लगती हैं?"

"अगर सुन्दर हों तो।"

"यही तो मैं कहना चाहता था।" जागरियस फिर आग की तरफ मुँह करके बैठ गया। कुछ क्षण बाद वह फिर बोला, "ये सब कुछ..."

मरसो घूमकर खिड़की के शीशों के सहारे खड़ा हो गया जो उसके भार से कुछ पीछे को झुक गए थे और उस वाक्य की पूर्ति की प्रतीक्षा करने लगा। जागरियस मौन रहा। एक मक्खी शीशे के पास तेजी से उड़ने लगी। मरसो ने घूमकर जल्दी से उसे अपने हाथ में बन्दी कर लिया, फिर छोड़ दिया। जागरियस यह सब देखता रहा, फिर दुविधा से बोला, "मुझे गम्भीरता से बात करना पसन्द नहीं है। क्योंकि सिर्फ एक ही प्रसंग है जिसके बारे में हम बात कर सकते हैं : औचित्य या कारण जो कि हम अपने जीवन में ला सकते हैं। मैं नहीं जानता, अपनी इन विकृत टाँगों को अपनी आँखों में कैसे तर्कसंगत सिद्ध करूँ।"

"मैं भी नहीं जानता।" मरसो ने बिना उसकी तरफ देखे कहा।

सहसा जागरियस खिलखिलाकर हँस पड़ा, "धन्यवाद! तुमने मेरे लिए कोई भ्रम नहीं छोड़े।" उसने अपना लहजा बदलकर कहा, "तुम्हारा सख्त होना ठीक है, फिर भी एक बात है जो मैं तुमसे कहना चाहूँगा।" और बड़ी गम्भीर मुद्रा में वह चुप हो गया। मरसो उसके एकदम सामने आकर बैठ गया।

"सुनो," जागरियस ने दुबारा कहा, "और मुझे देखो। मैं अपना दैनिक शौचकार्य भी दूसरों के सहारे से कर पाता हूँ। मुझे नहलाकर फिर कोई पोंछता है। और भी बदतर, मैं उस कार्य का मेहनताना देता हूँ। और सच मानो, फिर भी मैं ऐसा कभी कुछ नहीं करूँगा कि मेरी इस जिन्दगी को, जिसमें मुझे इतना विश्वास है, किसी तरह की कोई हानि हो। मैं तो इससे भी बुरी हालत स्वीकार कर सकता हूँ। अन्धा, गूँगा, कुछ भी जो तुम चाहो; बशर्ते कि मेरे अन्दर वह अम्लान और उत्कट लौ जो मेरे जीवन की अभिन्न अंग है और जो मुझे जीने का आभास देती है, जलती रहे। मैं सिवाय इसके और कुछ नहीं चाहूँगा

कि अपनी जिन्दगी का शुक्रिया अदा करूँ : जिसने मुझे और जलते रहने की अनुमति दी।"...और जागरियस पीछे को गिर-सा पड़ा, दम कुछ फूला हुआ। अब वह थोड़ा-सा दिखाई दे रहा था, सिर्फ ठोढ़ी पर, एक निष्प्रभ परछाईं-जैसा जो उसके कम्बलों में से बच गई थी। फिर बोला, "और तुम, मरसो, इस शरीर के साथ तुम्हारा एकमात्र कर्त्तव्य है, जीना और खुश रहना।

"मुझे हँसाओ मत," मरसो ने कहा, "आठ घंटे दफ्तर में काम करके आह! अगर मैं स्वच्छंद होता!"

बात करते-करते वह उत्तेजित हो गया था और जैसा कि कभी-कभी होता था, वह आकांक्षा से भर गया, आज हमेशा से कहीं ज्यादा क्योंकि वह अपने-आपको प्रोत्साहित महसूस कर रहा था। उसे यह सोचकर बड़ी शक्ति मिली कि आखिर अब वह किसी से अपने मन की बात कह सकता है। अब वह कुछ स्थिर हुआ, सिगरेट फेंककर उसे पैर से मसलने लगा, और पहले से ज्यादा विश्वास से बोला, "कुछ साल पहले मेरे पास सब कुछ था। लोग मेरी जिन्दगी की चर्चा करते थे। भविष्य की बात करते थे और मैं 'हाँ' कर दिया करता था। बल्कि इस सन्दर्भ में जो कुछ जरूरी था वह भी कर लिया करता था। लेकिन तब भी मुझे सब कुछ पराया लगता था। मेरा ध्यान लगा हुआ था पूर्ण निर्वैयक्तिकता प्राप्त करने में—किसी चीज के 'विरोध' में खुश नहीं होना। मैं ठीक से व्याख्या नहीं कर पा रहा लेकिन तुम समझ गए हो, जागरियस!"

"हाँ," उसने कहा।

"अब भी अगर मेरे पास समय होता...मुझे सिर्फ अपने-आपको एकदम मुक्त कर देना पड़ता। उसके बाद मुझे जो कुछ होता, वह जैसे

कि पत्थर पर बारिश गिर रही हो। बारिश उसे ठंडा कर देती है और वह बड़ा सुहावना लगता है। फिर एक दिन वह धूप से तपता है। मुझे हमेशा ऐसा लगा है कि खुशी भी ठीक ऐसी ही होती है।"

जागरियस हाथ बाँधकर बैठ गया था। इसके बाद की निस्तब्धता में बारिश बहुत बढ़ गई लगती थी और बादल फूलकर एक विस्तृत, अस्पष्ट धुन्ध बन गए थे। कमरा अन्धकार से कुछ ऐसे भर गया था जैसे कि अम्बर ने अपना तिमिर और अमन का समस्त भार वहीं उलट दिया हो। वह अपाहिज भावुकता से बोला :

"किसी भी देह का एक आदर्श स्वरूप होता है जो उसके लिए लभ्य हो। ये पत्थर का आदर्श, अगर मुझे कहने की इजाजत हो तो किसी यक्ष ही की देह का आलम्बन कर सकता है।"

"ये सच है," मरसो ने कुछ आश्चर्य से कहा, "लेकिन बिना किसी अतिशयोक्ति के। मैं खेल-कूद बहुत करता रहा हूँ, बस। और भोग-विलास का शौक रखता हूँ।"

जागरियस विचारमग्न हो गया।

"हाँ," वह बोला, "ये तो तुम्हारे लिए और भी अच्छा है। अपनी शारीरिक क्षमता का अहसास हो, यही तो सच्चा मनोविज्ञान है। वैसे इससे कोई फरक नहीं पड़ता। हम जैसे चाहते हैं वैसे जीने के लिए समय ही नहीं होता। बस इतना वक्त होता है कि खुश हो लें। अगर बुरा न मानो तो क्या तुम्हें यह बताने में एतराज होगा कि व्यक्तिहीनता से तुम्हारा क्या तात्पर्य है?"

"नहीं," मरसो ने कहा और चुप हो गया।

जागरियस ने चाय का एक घूँट पिया और बाकी पूरा भरा हुआ कप छोड़ दिया। वह बहुत कम पेय पीता था जिससे कि दिन में सिर्फ

एक ही बार पेशाब के लिए जाना पड़े। अपनी आत्मशक्ति के बल पर वह तिरस्कार के उन आघातों को कम करने में सफल होता था जो हर दिन उसे झेलने पड़ते थे। "इसमें छोटी-मोटी बचत की कोई गुंजाइश नहीं होती। यह तो किसी भी दूसरे प्रमाण की तरह ही है," उसने एक दिन मरसो से कहा था। पानी की कुछ बूँदें पहली बार चिमनी में गिर गईं। आग जैसे चिड़चिड़ाई। बारिश खिड़की के शीशों पर और वेग से पड़ने लगी। कहीं दरवाजा जोर से बन्द होने की आवाज आई। सामने के रास्ते में गाड़ियाँ ज्योतिर्मय चूहों की तरह तेज भाग रही थीं। उनमें से एक ने बहुत देर तक हॉर्न बजाया और उस घाटी के आर-पार विषादमयी, मन्द आवाज ने दुनिया के सीले हुए फासले और बढ़ा दिए जब तक कि उसकी अपनी स्मृति मरसो के लिए उस निस्तब्धता व आसमान की वेदना का एक अंग न बन गई।

"मुझे माफ करना जागरियस लेकिन बहुत समय गुजर गया है जब से मैंने कुछ चीजों के बारे में बात नहीं की है। इसलिए या तो मैं उन्हें एकदम भूल गया हूँ या उनके बारे में अब मुझे अच्छी तरह से कुछ मालूम नहीं है। जब मैं अपनी जिन्दगी और उसके गूढ़ स्वरूप की समीक्षा करता हूँ तो मेरे अन्दर आँसुओं का सागर उमड़ पड़ता है। जैसे यह आसमान जो एक ही समय में वर्षा भी है, धूप भी; मध्याह्न भी है, मध्यरात्रि भी। आह जागरियस! जब मुझे ध्यान आता है उन अधरों का जो मैंने चूमे, उस अभागे बच्चे का जो मैं कभी था, जिन्दगी के दीवानेपन और अभिलाषा का जिसके प्रवाह में मैं कभी-कभी बह जाता हूँ तो लगता है मैं ये सब कुछ एक ही समय में हूँ। मुझे विश्वास है, कुछ ऐसे भी क्षण हैं जब तुम मुझे पहचान भी न सको। दुख में आखिरी छोर, सुख में अत्यधिक, मैं समझ नहीं पा रहा कैसे अभिव्यक्त करूँ।"

"तुम बहुत सारे क्षेत्रों में एक साथ खेलना चाहते हो?"

"हाँ, लेकिन सिर्फ शौक के तौर पर नहीं," मरसो ने उग्रता से कहा, "जब भी मैं अपने भीतर सुख और दुख के प्रयाण की कल्पना करता हूँ, मैं यह अच्छी तरह समझता हूँ, और बड़े हर्षोन्माद के साथ कि जो खेल मैं खेल रहा हूँ वह सबसे ज्यादा गम्भीर और सबसे ज्यादा उत्कर्षणशील है।"

जागरियस हँसने लगा। "तो तुम्हारे पास है कुछ करने को?"

मरसो ने बहुत उत्तेजित होकर कहा, "मुझे अपनी जीविका जुटानी पड़ती है। मेरा काम और ये आठ घंटे जिन्हें और लोग बरदाश्त करते हैं, मेरे लिए अड़चन हैं।"

वह चुप हो गया और उसने वह सिगरेट जलाई जो इतनी देर से उँगलियों में पकड़ रखी थी।

और फिर उसने तीली बुझाने से पहले कहा, "अगर मेरे पास पर्याप्त शक्ति और धैर्य होता..." उसने दियासलाई पर फूँक मारी और उसका जला हुआ किनारा अपने बाएँ हाथ के पीछे थपथपाया, "...मुझे अच्छी तरह मालूम है कि मैं जीवन की किस सीमा तक पहुँच पाऊँगा। मैं अपने जीवन को अनुभव नहीं बनाऊँगा बल्कि जीवन का एक अनुभव बनूँगा...हाँ, मैं अच्छी तरह जानता हूँ, कौन-सा मनोभाव अपनी पूरी शक्ति मुझमें भरेगा। पहले मैं बहुत छोटा था। मैं बीच में फँस गया था। लेकिन आज..." वह बोला, "मैं समझ गया हूँ कि कर्म करना, प्यार करना और कष्ट भोगना, यही सचमुच में जिन्दगी है। लेकिन यह जिन्दगी उसी हद तक है जहाँ तक हम पारदर्शी हों और अपने भाग्य को इसी तरह स्वीकार करें जैसे कि हर्षोल्लास के इन्द्रधनुष का अनोखा प्रतिबिम्ब जो सबके लिए एक ही होता है।"

"हाँ," जागरियस ने कहा, "लेकिन तुम अपने काम के साथ इस तरह जी नहीं सकोगे..."

"नहीं, क्योंकि मैं इस समय विद्रोह की स्थिति में हूँ और वह गलत है।"

जागरियस चुप हो गया। बारिश रुक गई थी और आसपास में बादलों की जगह रात्रि ने ले ली थी, और अब कमरे में करीब-करीब पूरी तरह अन्धकार भर गया था। उस अपाहिज और मरसो के चमकते चेहरों को सिर्फ आग प्रकाशित कर रही थी। जागरियस चुप बहुत देर तक पातरिस को देखता रहा, फिर सिर्फ इतना बोला, "बहुत दर्द सहने पड़ेंगे उन्हें जो तुम्हें प्यार करते हैं..." और मरसो के अचानक चौंक जाने पर आश्चर्यचकित हो रुक गया। मरसो, जिसका सिर अँधेरे में छिपा था, उग्रता से बोला, "जो मुझे प्यार करें, उनका मुझ पर कोई बन्धन नहीं है।"

"ये सच है," जागरियस ने कहा, "लेकिन मैं तो सिर्फ अपने विचार दे रहा था। तुम एक दिन अकेले रह जाओगे, बस। अब बैठो और मेरी बात सुनो। जो कुछ तुमने मुझसे कहा है, उससे मैं प्रभावित हुआ हूँ। खासतौर से एक बात क्योंकि वह पक्का करती है वह सब कुछ जो मैंने एक पुरुष होने के अनुभव से सीखा है। मैं तुम्हें बहुत चाहता हूँ, मरसो! तुम्हारी काया-छवि की वजह से। उसी ने तो तुम्हें यह सब सिखाया है। आज मुझे लग रहा है, मैं तुमसे दिल खोलकर बात कर सकता हूँ।"

मरसो धीरे-धीरे फिर से बैठ गया और उसका चेहरा उस बुझती हुई आग की लाली में चमकने लगा। अचानक खिड़की के बीच में सिल्क के परदों के पीछे ऐसा लगा जैसे रात के अँधेरे में कोई बहुत

तेज ज्योतिकिरण कौंध गई हो। कोई चीज शीशों के पीछे फैल रही थी। एक दुग्धीय दीप्ति ने कमरे में पदार्पण किया और मरसो ने बोधिसत्व के विवेकशील तथा व्यंग्य-भरे होंठों पर और संगतराशे हुए ताम्रपट्टों पर उस सुपरिचित और चाँद-सितारों भरी रातों में भटकते भिक्षु के चेहरे को पहचाना जो उसे इतना पसन्द था। ऐसा प्रतीत होता था मानो रात्रि ने अपने भीतर की बादलों की तह खो दी हो और अब अपनी प्रशान्त दीप्ति में चमक रही हो। रास्ते में गाड़ियाँ कुछ धीरे चल रही थीं। घाटी की गहराई में एकाएक शुरू हुआ कोलाहल पंछियों के सोने की तैयारी कर रहा था। मकान के आसपास चलने की आवाज आ रही थी। और इस रात में, जो धरती पर आवरित एक श्वेतिमा की तरह थी, कोई भी शोर साफ और दूर तक सुनाई दे रहा था। उस बुझती हुई आग की लाली और कमरे में रखी घड़ी की टिकटिक तथा उसके चारों तरफ रखी जानी-पहचानी वस्तुओं के अप्रत्यक्ष जीवन के बीच एक क्षणभंगुर कविता गुँथती जा रही थी जो मरसो को तैयार कर रही थी—दूसरी मन:स्थिति में, विश्वास और प्यार में वह सुनने के लिए जिसे जागरियस कहने जा रहा था। वह कुर्सी में कुछ पीछे को सरककर टिक गया और अन्तरिक्ष की साक्षी में बैठकर जागरियस की अनोखी कहानी सुनने लगा।

"मुझे विश्वास है," उसने शुरू किया, "कि हम बिना धन के खुश नहीं हो सकते। ये सबसे बड़ी बात है। मुझे न तो ज्यादा सुगमता पसन्द है, न ज्यादा स्वच्छंदता। और मैंने देखा है कि कुछ विशिष्ट वर्ग के लोगों में एक तरह का आध्यात्मिक घमंड-सा है यह मानने का कि खुशी के लिए पैसे की जरूरत नहीं होती। यह बेवकूफी है, झूठ है और किसी हद तक कायरता है।

"देखो मरसो, एक सम्पन्न घर में पैदा हुए आदमी के लिए खुश होना कभी मुश्किल नहीं होता। इतना काफी है कि सबका मुकद्दर अपने हाथ में ले लो, परित्याग की भावना से नहीं जैसा कि बहुत-से मिथ्या बड़े आदमी करते हैं बल्कि सुख की इच्छा से। सिर्फ समय चाहिए सुख हासिल करने के लिए, अत्यधिक समय। खुशी उसके लिए एक असाधारण धैर्य भी है। और करीब-करीब सभी स्थितियों में हम अपनी जिन्दगी बरतते हैं पैसा कमाने में, जबकि हमें बचाना चाहिए समय, पैसा खर्च करके। यही वह एक समस्या है जिसमें मेरी सदैव रुचि रही है। यह एकदम सुनिश्चित है। स्पष्ट है।"

जागरियस रुक गया और आँखें मूँद लीं। मरसो आकाश को टकटकी लगाए देखता रहा। एक पल के लिए रास्ते पर और बाहर हरियाली का शोर स्पष्टत: सुनाई दिया। जागरियस ने बिना किसी व्यग्रता के, अपनी कहानी फिर से शुरू की :

"ओह, मैं अच्छी तरह जानता हूँ कि ज्यादातर धनी लोग खुशी का मतलब तक नहीं जानते। लेकिन यह तो प्रश्न ही नहीं है। पैसा होने का मतलब है समय होना। बस यहाँ से मैं नहीं निकल पाता। समय खरीदा जा सकता है। सब कुछ खरीदा जा सकता है। अमीर होना या बन जाना—इसका मतलब है खुशी हासिल करने के लिए समय होना, अगर हम इस काबिल हैं कि खुश हो सकें।"

उसने पातरिस की तरफ देखा :

"पच्चीस साल की उम्र में ही, मरसो, मैं यह समझ चुका था कि प्रत्येक उस प्राणी को, जिसमें अक्ल हो, इच्छा हो और खुश होने की तलब हो धनवान होने का हक है। खुशी पाने की उत्कट इच्छा मुझे इनसान के दिल की श्रेष्ठतम चीज लगती थी। उसे पाने के लिए जो

कुछ किया जाए, मेरी आँखों में न्यायोचित है। सिर्फ एक निर्मल हृदय होना काफी है।"

जागरियस, जो अभी तक मरसो की ओर देख रहा था, अचानक और भी धीरे बोलने लगा, रूखी और कठोर आवाज में, जैसे कि वह मरसो को उसके आविर्भूत ध्यानापकर्षण में से बाहर खींचना चाहता हो, "पच्चीस साल की उमर में मैंने अपना भाग्य-निर्माण शुरू कर लिया था। मैं धोखेबाजी से नहीं कतराया। मैं तो किसी भी बात से पीछे नहीं हटता था। कुछ सालों में मैंने अपनी समूची धनराशि जमा कर ली थी। तुम अन्दाजा लगा सकते हो, मरसो, लगभग दो करोड़! दुनिया मेरे लिए खुल गई। और दुनिया के साथ-साथ वह जिन्दगी जिसका मैं अकेलेपन में, औत्सुक्य में सपना देखा करता था...।" कुछ रुकने के बाद, जागरियस और भी धीमी आवाज में कहने लगा, "वह जिन्दगी जिसे मैं भोग सकता था, मरसो, बिना उस दुर्घटना के जिसने बाद में मेरी दोनों टाँगें एकदम ही ले लीं। मैं नहीं जानता था कैसे रोक दूँ। और अब, सब कुछ तुम्हारे सामने है। तुम अच्छी तरह समझ गए होगे, बिना किसी शक के कि मैं कभी दीन-हीन जिन्दगी जीना नहीं चाहता था। पिछले बीस साल से मेरा पैसा यहाँ रखा है, मेरे पास। मैं बड़ी सादगी से जीता रहा हूँ। मैंने शायद ही कभी उस राशि को हाथ लगाया होगा।" उसने अपनी सख्त हथेलियाँ अपनी पलकों पर फेरते हुए और भी आहिस्ता कहा, "जिन्दगी को कभी एक अपाहिज के प्यार से गन्दा नहीं करना चाहिए।"

इस समय, जागरियस ने कमरे की अँगीठी के पास रखा सन्दूक खोल लिया था और उसमें रखा काली पड़ी हुई स्टील का गल्ला चाबी सहित मरसो को दिखाया। गल्ले के ऊपर एक सफेद लिफाफा था

और एक बड़ा, काला रिवॉल्वर। न चाहते हुए भी मरसो की जिज्ञासु दृष्टि का जवाब जागरियस ने एक मुस्कान से दिया। यह बहुत सुगम था। उन दिनों जब वह अपनी उस व्यथा से जिसने कि उसे अपनी जिन्दगी से वंचित कर दिया था, बहुत दुखी होता था, अपने सामने यह पत्र रख लिया करता था जिसमें कोई तारीख नहीं डाली गई थी और जो उसकी मरने की इच्छा की अधिसूचना देता था। फिर उसने वह रिवॉल्वर मेज पर रखा, उसके नजदीक आया और अपना माथा उस पर टेक दिया, अपनी कनपटियों को उस पर सहलाकर अपने जलते गालों की तपन को लोहे की शीतलता से तृप्त करता रहा। फिर वह इसी तरह बहुत देर तक पड़ा रहा, अपनी उँगलियों को ट्रिगर के आसपास घुमाता रहा, बन्दूक के बोल्ट को छेड़ता रहा, जब तक कि यह संसार उसके लिए एकदम शान्त न हो गया और इस समय तक काफी उनींदा हुआ उसका समस्त अस्तित्व एक सर्द व खारे लोहे के उस अहसास में, जिसमें से मौत कभी भी निकल सकती थी, न सिमट गया। भली प्रकार यह समझकर कि मौत की अनर्थक सुगमता को महसूस करने के लिए इतना पर्याप्त होगा कि पत्र में तारीख डालकर वह ट्रिगर दबा दे, उसकी कल्पना ने बड़ी सजीवता से, साथ जुड़े हुए भय और आतंक को चित्रित करते हुए उसे दिखाया कि जीवन की अस्वीकृति उसके लिए क्या मायने रखती है, और वह अपनी उनींदी अवस्था में सम्मान और शान्ति में अब भी जलते रहने की अपनी तमाम इच्छा को ले जाकर भूल गया। फिर, पूरी तरह जागकर, कड़वी लार से भरा हुआ मुँह लिये वह रिवॉल्वर की नली चाटने लगा, उसके अन्दर उसने अपनी जीभ डाली और आखिर में एक असम्भव खुशी से खड़खड़ाने लगा।

"बेशक मैंने अपनी जिन्दगी बरबाद की है। लेकिन मेरे पास कारण था उसका : सब कुछ खुशी के लिए, उस दुनिया के विरुद्ध जो अपनी बेवकूफी और उत्पीड़न से हमें घेरे हुए है।" जागरियस देर तक हँसा और बोला, "देखो मरसो, हमारी सभ्यता की सारी क्षुद्रता और क्रूरता को इस मूर्खतापूर्ण सूक्ति से ही मापा जा सकता है कि सुखी लोगों का कोई इतिहास नहीं होता।"

अब बहुत देर हो चुकी थी। मरसो समय का ठीक से अन्दाज नहीं लगा पा रहा था। उसका सिर व्याकुल उत्तेजना से घूम रहा था। उसके मुँह में उन सिगरेटों की गरमाई और तीक्ष्णता थी जो उसने पी थीं। रोशनी जो उसके चारों तरफ थी, पहले से ही उसकी साथी थी। अब पहली बार, अपनी कहानी शुरू करने के बाद से उसने जागरियस की तरफ देखा, "मेरा खयाल है मैं समझ रहा हूँ," उसने कहा।

वह अपाहिज, इतने लम्बे उद्यम से थककर, गहरी साँसें लेने लगा। कुछ देर मौन रहकर फिर उसने बड़ी मुश्किल से कहा, "मैं इस बारे में निश्चिन्त होना चाहूँगा। मैं यह कदापि नहीं कह रहा कि पैसों से खुशी बनती है। मैं सिर्फ यह समझता हूँ कि किसी एक वर्ग के लोगों के लिए (बशर्ते उन्हें समय हो) खुशी हासिल करना सम्भव है और कि पैसा होना पैसों से मुक्त होने के बराबर है।"

वह अपनी कुर्सी में कम्बलों के नीचे धँस गया था। रात्रि अब फिर से अपने-आप में बन्द हो चुकी थी और, अब मरसो जागरियस को शायद ही देख पा रहा था। एक लम्बी खामोशी के बाद पातरिस ने दुबारा सम्पर्क साधने के खयाल से ताकि अँधेरे में दूसरे आदमी की मौजूदगी का पक्का पता चल सके, उठते हुए और टटोलते हुए कहा, "आजमाने के लिए ये अच्छा जोखिम है।"

"हाँ," उसने धीरे से कहा, "और इस जिन्दगी पर दाँव लगाना बेहतर है बनिस्बत अगली के। मेरे लिए तो खैर, बात ही दूसरी है।"

'एकदम तबाह इनसान!' मरसो ने सोचा, 'सृष्टि में एक शून्य है!'

"पिछले बीस सालों से मैं एक खास खुशी का अनुभव नहीं कर पा रहा हूँ। ये जिन्दगी जो मुझे निगलती रहती है, मैं इसे पूरी तरह जान ही न पाऊँगा और मौत में मुझे जिस बात का डर लगता है, वह है—वह असन्दिग्ध प्रमाण जो वह मुझे दे देगी कि मेरी जिन्दगी मेरे बिना ही उपभोग हो गई, किनारे में! समझे तुम?"

बिना किसी हलचल के, एक बहुत तरुण हँसी उस अँधेरे में गूँज उठी।

"इसका मतलब हुआ, मरसो कि आखिरी सतह में और अपनी स्थिति में मेरी अब भी आकांक्षा है।"

मरसो कुछ कदम मेज की तरफ बढ़ा।

"इसके बारे में सोचना," जागरियस ने कहा, "इस सबके बारे में।"

उसने सिर्फ इतना कहा, "क्या मैं बत्ती जला सकता हूँ?"

"जरूर!"

जागरियस की नाक के दोनों बाजू और गोल बड़ी-बड़ी आँखें उस जगमगाती रोशनी में और पीली दिख रही थीं। वह बड़ा जोर लगाकर साँस ले रहा था। मरसो ने जब उसकी ओर अपना हाथ बढ़ाया तो उसने सिर हिलाते हुए जोर से हँसकर जवाब दिया, "मेरे बारे में ज्यादा गम्भीरता से मत सोचना। इस बात पर मुझे हमेशा गुस्सा आता है, तुमने देखा है, चेहरे पर वह दया-भरे भाव जो मेरी कटी टाँगें देखकर लोग दर्शाते हैं।"

'इसे मेरी क्या परवाह है,' मरसो ने सोचा।

"ज्यादा गहराई से कुछ भी मत सोचना, सिवाय खुशी के। इस बारे में अच्छी तरह विचार करना, मरसो! तुम्हारा दिल साफ है, इस बारे में सोचना।" फिर उसने उसकी आँखों में देखा, कुछ रुककर कहा, "और तुम्हारे पास भी दो टाँगें हैं जो किसी का कुछ नहीं बिगाड़तीं।"

वह हँसने लगा और उसने एक घंटी बजाई, "चलो, अब बाहर निकलो, मेरे दोस्त, मुझे सू-सू करनी है।"

पाँच

उस रविवार की शाम को अपने घर लौटते हुए उसके सारे खयाल जागरियस पर जम गए। अपने कमरे में घुसने से पहले मरसो ने पीपे बनानेवाले कारदोना के अपार्टमेंट में से आती हुई कराहने की आवाज सुनी। उसने दरवाजा खटखटाया। किसी ने जवाब नहीं दिया। दर्द-भरी आवाजें आती रहीं। वह सीधा अन्दर चला गया। वह पीपे बनानेवाला अपने बिस्तर में सिमटा पड़ा था और बच्चों की तरह लम्बी-लम्बी हिचकियाँ लेकर रो रहा था। उसके पैरों में एक वृद्ध महिला की तसवीर पड़ी थी। "वह गुजर गई!" उसने बड़ी मुश्किल से मरसो से कहा। यह सच था लेकिन ये बहुत पहले की बात थी।

वह बहरा था, आधा गूँगा, अधम व क्रुद्ध। अब तक वह अपनी बहन के साथ रह रहा था। लेकिन उसके मनमाने आचार व नीचपने से तंग आकर अब उसने अपने बच्चों के साथ रहना शुरू कर दिया था। वह अकेला रह गया था और दुखी जितना कि कोई भी आदमी हो सकता है, जिसे 'पहली बार अपना घर खुद चलाना पड़े, खाना खुद

बनाना पड़े। उसकी बहन ने मरसो को, जिससे कि वह एक दिन रास्ते में मिली थी, आपस के सब झगड़े बता दिए थे। वह तीस साल का था। कद में छोटा और काफी खूबसूरत था। बचपन से ही वह अपनी माँ के साथ रहता था। वही एक इनसान थी जो उसमें कुछ डर पैदा कर सकती थी हालाँकि वहम से, न कि किसी असली कारण से। वह उसे अपने उद्धत दिल से बहुत प्यार करता था यानी रूखेपन से भी और बड़े चाव से भी; और उसके इस प्यार का सबसे बड़ा प्रमाण था पादरी और गिरजाघर को गन्दी-से-गन्दी गाली देकर माँ को चिढ़ाने का तरीका। अगर वह इतने दिनों तक माँ के साथ रहा तो इसलिए भी कि किसी भी और औरत से उसे कभी कोई खास लगाव नहीं हुआ। बहरहाल कभी-कभार वेश्यालय में हुई घटनाओं ने उसे पुरुष कहलाने का हक दे दिया था।

माँ का देहान्त हो गया। उसके बाद वह बहन के साथ रहने लगा। जिस कमरे में वे लोग रहते थे, मरसो ने वह उसे किराये पर दिया था। दोनों एकदम अकेले, अपनी लम्बी, काली, गन्दी जिन्दगी को रो-रोकर पूरा कर रहे थे। बड़ी मुश्किल से वे एक-दूसरे से बातें कर पाते थे। कोई-कोई दिन, एक-दूसरे से बिना एक शब्द भी बोले निकल जाता था। लेकिन अब तो वह चली गई थी। घमंड के मारे न उसने कोई गिला किया, न उसे लौट आने के लिए कहा। वह अकेला रहने लगा। सुबह वह रेस्टोरेंट में खा लेता था, शाम को अपने कमरे में, बाहर से लाकर। अपने कपड़े और काम करने की नीली डाँगरी खुद ही धो लिया करता था लेकिन अपने घर को बेहद गन्दा रखता था। हालाँकि शुरू-शुरू में, कभी-कभी इतवार को एक झाड़न लेकर वह अपने कमरों में थोड़ी-बहुत तरतीब लाने की कोशिश करता था।

लेकिन उस मेंटलपीस पर रखा पतीला जिस पर पहले साज-सज्जा का सामान रहता था, पुरुषों के अनाड़ीपन को दिखाता था और यह भी कि सब कुछ कितनी लापरवाही से सँभाला हुआ है। जिसे वह तरतीब से लगाना कहता था, उसका मतलब होता था मौजूदा बेसलीकी को किसी तरह छिपा देना, जो भी गन्दा हो उसे गद्दियों के पीछे सरका देना या दीवार के सहारे लगी मेज पर सर्वथा असदृश, असम्बद्ध सामान को जमा देना। कुछ दिन रहने के बाद उसने ये सब करना छोड़ दिया। यहाँ तक कि अपना बिस्तर तक बनाना बन्द कर दिया और उन गन्दे और बदबूदार कम्बलों में ही सोने लगा जिन पर उसका कुत्ता बैठा रहता था। उसकी बहन ने मरसो से कहा था, "ये कैफेटेरिया में ऐसे ही बनता है। कैफेटेरिया की मालकिन मुझे बता रही थी कि उसने इसे अपने कपड़े धोते समय रोते देखा है।" और यह सच था कि इतना कठोर होने के बावजूद, कभी-कभी एक भयंकर आतंक उस पर छा जाता था और उसे मजबूर करता था—अपने सूनेपन की सरहद कबूलने के लिए। उसने मरसो को बताया कि इसमें कोई शक नहीं कि वह उसके साथ उस पर रहम खाकर रहती थी। लेकिन वह उसे उस आदमी से नहीं मिलने देता था जिसे वह प्रेम करती थी। हालाँकि उनकी उम्र में इससे कोई खास फर्क नहीं पड़ता था। वह एक विवाहित आदमी था। अपनी प्रेमिका के लिए फूल लाता था जिन्हें वह आसपास की झाड़ियों से तोड़ लेता था, सन्तरे लाता था और वह मदिरा जो उसने मेले में जीती थी। निश्चित रूप से वह खूबसूरत नहीं था लेकिन सुन्दरता साग-भाजी पर नहीं पलती और फिर वह बहुत नेक भी था। वह उसका बहुत ध्यान रखती थी और वह उसका। क्या इसे ही प्यार नहीं कहते? वह उसके कपड़े धोती थी और कोशिश करती थी कि वह सजा-सँवरा रहे।

उसे रूमाल तिकोना करके गले में बाँधने की आदत थी। वह उसके रूमाल को एकदम सफेद रखती और यह उसके लिए एक विशेष आनन्द का विषय था।

लेकिन वह, उसका भाई, यह नहीं चाहता था कि वह अपने प्रेमी को घर बुलाए। उसके लिए छुपकर मिलना जरूरी हो गया। उसने उसे एक ही बार घर बुलाया था तभी अचानक भाई के आने से भयंकर हाथापाई हो गई थी। उनके जाने के बाद तिकोना किया हुआ रूमाल कमरे के एक गन्दे कोने में पड़ा रह गया था और वह अपने बेटे के पास चली गई थी। मरसो अनायास ही इस रूमाल के बारे में सोचने लगा जब वह उस कमरे में फैली गन्दगी देख रहा था।

उस समय लोगों को बिचारे उस पीपे बनानेवाले कारदोना के इतने अकेलेपन पर बहुत दया आई थी। उन्होंने मरसो से उसकी सम्भावित शादी का भी जिक्र किया था। उम्र में उससे बड़ी किसी महिला के बारे में बात थी। इसमें कोई शक नहीं था कि वह यौवन के आवेश-भरे प्यार की उम्मीद पर मोहित हो गई थी जो उसे शादी से पहले ही मिल गया। कुछ अरसे बाद, उसके प्रेमी ने यह कहकर कि वह उससे ज्यादा आयु की है, अपना इरादा बदल लिया था। और अब वह इस बस्ती के छोटे-से कमरे में अकेला था। धीरे-धीरे कूड़ा-कचरा उसके चारों तरफ फैल गया उसने उसे चारों तरफ से घेर लिया, वह उसके बिस्तर तक पहुँच गया, और फिर सब कुछ जैसे एकमेक हो गया। वह घर बहुत ही घृणास्पद लग रहा था। और एक ऐसे उदास व्यक्ति के लिए जिसे अपने घर में अच्छा न लगता हो, एक जगह होती है—सुगमता से प्रवेश-योग्य, ज्यादा सुखकर, प्रकाशमान और सदैव

स्वागत करने को तत्पर—कैफेटेरिया। इस बस्ती के कैफेटेरिया खासतौर से बहुत शोख थे। वहाँ एक तरह की सामूहिक सरगर्मी छाई रहती थी जो कि अकेलेपन के डर और उससे जुड़ी हुई अस्पष्ट आकांक्षाओं के विरुद्ध आखिरी सहारा होती है। इस चुप रहनेवाले आदमी ने वहाँ अपना घर बना लिया था। मरसो हर शाम उसे वहाँ देखता था। इन्हीं कारणों से वह घर वापस लौटना वहाँ तक टालता रहता जहाँ तक सम्भव होता था। यहाँ सबके साथ बैठकर उसे अच्छा लगता था। आज स्पष्टत: कैफेटेरिया उसके लिए पर्याप्त नहीं था। घर लौटते में शायद उसने ये तसवीर निकाल ली थी, जिससे कि उसके गुजरे हुए जमाने की याद ताजा हो आई थी। उसे वह फिर से मिल गई थी जिसे उसने प्यार किया था और छोड़ा था। उस अरुचिकर कमरे में अपने जीवन की निरर्थकता के सामने अकेले, अपने अन्तिम सामर्थ्य को जुटाते हुए वह उन बीते दिनों की याद करने लगा जब वह खुश था। कम-से-कम उसे यही यकीन था क्योंकि जब अपने अतीत और इस वेदनापूर्ण वर्तमान के संयोग से उत्पन्न एक दिव्य क्रान्ति ने उसे स्पर्श किया तो वह रो पड़ा।

प्रत्येक उस अवसर की तरह जब भी उसने जीवन के क्रूर प्रत्यक्षीकरण का सामना किया, मरसो, बलहीन और जीवन के कष्ट के प्रति आदरभाव से भरा हुआ था। वह उन गन्दे और शिकन पड़े हुए कम्बलों पर बैठ गया और अपना हाथ कारदोना के कन्धे पर रखा। उसके सामने मेज पर बिछे मोमजामे के ऊपर फैले-पसरे-से सामान में तेल का एक लैम्प था, शराब की एक बोतल, ब्रेड के टुकड़े, चीज का एक टुकड़ा और औजारों का एक डिब्बा रखा था। छत में मकड़ी के जाले। मरसो, जो अपनी माँ के मरने के बाद इस कमरे में कभी

नहीं आया था, उसमें भरी हुई गन्दगी और स्थायी पीड़ा से उस दूरी का अन्दाजा लगाने लगा जो इस आदमी ने अब तक तय की होगी। वह खिड़की जो आँगन में खुलती थी, बन्द थी। दूसरी मुश्किल से आधी खुली थी। रस्सी से लटकता मिट्टी के तेल का लैम्प जो छोटे-मोटे ताश के पत्तों से घिरा हुआ था, अपनी शान्त और गोल रोशनी मेज पर, मरसो व कारदोना के पैरों पर और एक दीवार के पास उनकी तरफ मुँह किये रखी कुर्सी पर फेंक रहा था। इस बीच कारदोना ने वह फोटो अपने हाथों में उठा ली थी, जिसे वह बार-बार प्यार कर रहा था और बुदबुदा रहा था, 'बिचारी मामा!' लेकिन सचमुच तो वह अपने आप पर ही रहम खा रहा था। उसकी माँ तो शहर के दूसरे कोने में उस विकराल कब्रिस्तान में जिसे मरसो अच्छी तरह जानता था, कभी की दफनाई जा चुकी थी।

वह वहाँ से जाना चाहता था। ताकि उसकी बात कारदोना की समझ में आ सके, मरसो ने धीरे और साफ शब्दों में कहा, "तुम्हें इस तरह यहाँ नहीं रहना चाहिए।"

"मेरे पास कोई नौकरी भी नहीं है," मुश्किल से कारदोना बोला, और उसके सामने फोटो बढ़ाते हुए टूटी हुई आवाज में कहने लगा, "मैं उसे प्यार करता था," और मरसो ने अनुवाद किया : 'वह मुझे प्यार करती थी।'..."अब वह मर गई" और वह समझा : 'मैं अकेला हूँ'..."मैंने उसके लिए, ये छोटा-सा बैरल उसके जन्मदिन पर बनाया था।" मेंटलपीस पर लकड़ी का एक छोटा-सा बैरल, वार्निश किया हुआ और ताँबे के छल्लों व एक चमकदार छोटे-से नल से सजाया हुआ रखा था। मरसो ने कारदोना का कन्धा छोड़ दिया, वह गन्दे तकियों पर गिर पड़ा। पलंग के नीचे से एक गहरी आह और एक

जी मिचला देनेवाली दुर्गन्ध निकली। अपनी कमर को चपटा करके कुत्ता धीरे-धीरे बाहर निकला और उसने मरसो के घुटनों पर लम्बे कान व सुनहली आँखोंवाला अपना सिर रख दिया। मरसो अभी तक उस छोटे बैरल की तरफ देख रहा था। उस घिनौने कमरे में जहाँ यह आदमी मुश्किल से साँस ले पा रहा था, उँगलियों में कुत्ते की गरमाई के साथ, उसने आज बहुत दिनों बाद, पहली बार अपने अन्दर सागर की तरह उमड़ी हुई मायूसी पर आँखें बन्द कर लीं। आज उसका हृदय बदकिस्मती और अकेलेपन के सामने कह रहा था, 'नहीं।' और उस गहरी व्यथा में जिससे वह भरा हुआ था, मरसो ने अनुभव किया कि उसका विद्रोह ही उसके अन्दर एक अकेली सच्ची चीज थी और बाकी सब कुछ था दुख और बेबस स्वीकरण। उसकी खिड़कियों के नीचेवाला रास्ता, जिसमें कल इतनी हलचल थी, आज और ज्यादा भर गया था शोरगुल से। छत के नीचेवाले बगीचे से जड़ी-बूटियों की सुगन्ध ऊपर चढ़ रही थी। मरसो ने कारदोना को एक सिगरेट दी और वे दोनों बिना कुछ बोले सिगरेट पीने लगे। आखिरी ट्रामें वहाँ से गुजरीं और उनके साथ लोगों की और रोशनियों की जीती-जागती स्मृतियाँ। कारदोना को नींद आ गई और शीघ्र ही वह आँसुओं से भरी नाक से खर्राटे लेने लगा। कुत्ता जो मरसो के पैरों में सिमटा हुआ था, बीच-बीच में हिलता और अपने सपनों में रोता हुआ सो रहा था। उसके हर बार हिलने-डुलने के साथ उसकी बदबू मरसो तक जा रही थी। वह दीवार के सहारे खड़ा था और अपने हृदय में जीवन के प्रति उठते हुए विद्रोह को प्रतिबद्ध करने की कोशिश कर रहा था। तेल खत्म होने पर चिराग में से धुआँ निकलने लगा, उसकी बत्ती भी जलकर राख हो गई, उसके बुझने से एक बहुत तेज बदबू सारे में फैल गई।

मरसो की आँख लग गई और जब आँखें खुली तो मदिरा की बोतल पर जमी थीं। बहुत प्रयत्न से वह उठा, पीछेवाली खिड़की की ओर गया और वहाँ फिर अचल खड़ा रह गया। रात की गहनता में उसने एक पुकार व शान्ति महसूस की। एक जहाज दुनिया के इस छोर पर सोए हुए लोगों को बहुत देर तक बुलाता रहा, रवानगी के लिए। दुबारा शुरू होने के लिए।

अगले दिन मरसो ने जागरियस को मार दिया, अपने घर वापस आया और पूरी दोपहर सोया। जब उठा तो तेज बुखार था। और शाम को, बिना उठे उसने पड़ोस के डॉक्टर को बुलाया जिसने बताया कि उसे फ्लू हो गया है। उसके दफ्तर से एक आदमी खबर लेने आया और उसकी छुट्टी की दरख्वास्त ले गया। कुछ दिन बाद सब कुछ ठीक हो गया : अखबार में एक रिपोर्ट और मामले की तहकीकात। सब तरह जागरियस का अपनी जान लेना उचित सिद्ध हो रहा था। मार्थ मरसो से मिलने आई और आह भरते हुए कहने लगी, "कभी-कभी उसकी जगह होने का मन होता है। लेकिन बहुत बार जीने के लिए ज्यादा हिम्मत की जरूरत होती है, बनिस्बत अपनी जान लेने के।" एक सप्ताह बाद जहाज से मरसो मारसेई के लिए प्रस्थान कर गया। दुनिया के लिए वह फ्रांस आराम करने जा रहा था। लीओ से मार्थ को, उनके सम्बन्ध तोड़ने की खबर लिये, एक पत्र मिला जिससे सिर्फ उसके आत्मसम्मान को ही ठेस पहुँची। उसी पत्र में मरसो ने लिखा था कि उसे यूरोप में एक अच्छी नौकरी का प्रस्ताव मिला है। मार्थ ने अपना दुख-भरा पत्र सार्वजनिक वितरण के पते पर भेजा। यह पत्र मरसो को कभी नहीं मिला क्योंकि लीओ पहुँचने के दूसरे दिन ही उसे बहुत तेज बुखार हुआ और वह प्राग जानेवाली

एक ट्रेन में कूद पड़ा। तथापि मार्थ ने उसे लिखा था कि मुर्दाघर में काफी दिन रखने के बाद जागरियस को दफना दिया गया था और उसके धड़ को शवपेटी में ठीक से टेकने के लिए काफी गद्दियों की जरूरत पड़ी थी।

भाग : दो

संज़ात मृत्यु

एक

"मुझे एक कमरा चाहिए," उस आदमी ने जर्मन भाषा में कहा।

चाबियों से लदे बोर्ड के पास बैठा हुआ चौकीदार, बीच में रखी एक बड़ी मेज के कारण हॉल से कटा हुआ था। उसने अभी अन्दर आए आगन्तुक को गौर से देखा जिसने एक बड़ी-सी सिलहटी बरसाती कन्धों पर डाली हुई थी और सिर घुमाकर बात कर रहा था।

"जी, जरूर। एक रात के लिए?"

"नहीं, मैं पक्का नहीं कह सकता।"

"हमारे पास अठारह, पच्चीस और तीस क्राउनवाले कमरे हैं।"

मरसो प्राग का वह छोटा रास्ता देख रहा था जो होटल के शीशे के दरवाजे में से दिखता था। जेबों में हाथ डाले हुए वह नंगे सिर था। बाल उलझे हुए थे। कुछ ही दूर ट्रामवे के चलने का शोर सुनाई दे रहा था, जो एवेन्यू वैनसेसलास से इस तरफ आ रहे थे।

"आप कौन-सा कमरा लेना पसन्द करेंगे, साहब?"

"कोई-सा भी," मरसो ने कहा। उसकी आँखें अभी तक शीशे के

दरवाजे पर जमी हुई थीं। चौकीदार ने बोर्ड से एक चाबी उतारी और उसे मरसो की तरफ बढ़ाया।

"कमरा नं. 12," उसने कहा।

मरसो, जैसे नींद से जागा।

"कितना है, इस कमरे का?"

"तीस क्राउन।"

"यह तो बहुत महँगा है। मुझे अठारह क्राउनवाला कमरा चाहिए।" उस आदमी ने बिना एक भी शब्द कहे एक और चाबी उतारी और उसमें लटके ताँबे के सितारे को मरसो को दिखाते हुए कहा, "कमरा नं. 34।"

अपने कमरे में बैठकर मरसो ने अपना कोट उतारा, टाई कुछ ढीली की लेकिन खोली नहीं और मशीन की तरह अपनी बाँहें ऊपर चढ़ा लीं। वह चिलमची के ऊपर लगे आईने की ओर बढ़ा जिसमें वह उस आहत चेहरे से मिला जो कि उन जगहों में, जो इतने दिनों की बड़ी दाढ़ी से काले नहीं हुए थे, धूप से काला पड़ गया था। उसके बाल जो ट्रेन के सफर में खराब हो गए थे, उसके माथे पर दो लम्बे-से गुच्छों में भवों के बीच लटके हुए उसके चेहरे को एक गम्भीर व सौम्य भाव दे रहे थे, जिससे वह बड़ा प्रभावित हुआ। अब उसका ध्यान उस निकृष्ट कमरे पर गया जो सिर्फ उसके लिए एक आरामगाह था और उसके अतिरिक्त वह कुछ और न सोच सका। अत्यन्त अरुचिकर उस सिलहटी जमीन पर बने बड़े-बड़े पीले फूलोंवाले कालीन पर गन्दगी का समस्त भूगोल दरिद्रता के उस घृणित लोक का चित्रण कर रहा था। एक विशाल रेडियेटर के पीछे के कोने चिकने व धूल से भरे थे। रेगुलेटर टूटा हुआ था और उसके अन्दर ताँबे के तार खुले दिख रहे थे। बीच

में, झोलवाले पलंग के ऊपर से आते हुए गन्दगी से ढके और उस पर लटकी हुई मक्खियों से भरे एक तार के सहारे एक बल्ब, बिना शेड के लटका हुआ था, जो छूने से हाथ में चिपकता था। मरसो ने चादरों को जाँचा, जो साफ थीं। उसने तैयार होने का अपना सामान सूटकेस से निकालकर एक-एक करके चिलमची के ऊपर जमाया। फिर वह हाथ धोने के लिए तैयार हुआ लेकिन जरा-सा खोले हुए नल को अच्छी तरह बन्द करके बिना परदेवाली खिड़की को खोलने गया। वह पीछे के आँगन में खुलती थी जहाँ कपड़े धोने का एक कमरा था और पीछे दीवार में छोटे-छोटे झरोखे बने थे। उनमें से एक में बँधी रस्सी पर उस दिन की धुलाई सूख रही थी। मरसो लेटा और लेटते ही उसे नींद आ गई। कुछ देर बाद वह पसीने में लथ-पथ उठा, बदन पर कपड़े ढीले लटके हुए, कमरे में कुछ देर इधर-उधर घूमता रहा। फिर उसने एक सिगरेट सुलगाई और बैठ गया, कुछ भी सोचने में बिलकुल असमर्थ वह अपनी सूखी हुई पतलून पर पड़ी सिलवट देखने लगा। नींद का कड़वापन उसके मुँह में सिगरेट के कड़वेपन से मिल गया था। कमीज के नीचे अपनी पसलियों को खुजाते हुए, उसने कमरे को फिर एक बार देखा। इतने एकान्त और स्वच्छंद वातावरण में वह अपने होंठों तक एक त्रासदायक माधुर्य से भर गया। अपने-आपको सबसे इतना दूर पाकर, अपने बुखार से भी, जिन्दगी की गहराई में निरर्थकता व दुख—भली प्रकार सन्तुलित जिन्दगियों में भी—स्पष्टतया महसूस करने पर उसे इस कमरे में अपने सामने एक प्रकार की स्वाधीनता की झेंपी हुई अप्रकट मुखाकृति दिखाई दी जो कि आशंका व अविश्वास से उत्पन्न हुई थी। उसके चारों ओर शक्तिहीन और प्रमुदित घंटे और समय खुद सभी तरह से ऐसे छपछपा रहे थे, जैसे दलदल में फँसे हों।

किसी ने बहुत जोर से दरवाजा खटखटाया और एकदम हड़बड़ाकर मरसो ने महसूस किया कि वह इसी खटखटाहट से जाग गया है। उसने दरवाजा खोला। बाहर एक छोटा-सा लाल बालोंवाला बुड्ढा आदमी मरसो के दो सूटकेसों के भार से, जो उसके हाथ में बहुत बड़े लग रहे थे, दबा हुआ खड़ा था। गुस्से में उसकी साँस रुकी हुई-सी लग रही थी और उसके दाँतों की दरारों में से अपमान और आरोपों-भरा झाग निकल रहा था। मरसो को अब उस टूटे हैंडल का ध्यान आया जिसकी वजह से उसे ये बड़ा सूटकेस उठाने में इतनी दिक्कत हुई। वह माफी माँगना चाहता था लेकिन समझ नहीं पाया कि कैसे कहे। उसे अन्दाजा भी नहीं था कि वह चौकीदार इतना बूढ़ा होगा। तभी वह छोटा, वृद्ध आदमी बीच में बोला :

"ये चौदह क्राउन हो गया।"

"एक दिन सामान रखने का?" ताज्जुब से मरसो ने कहा। उन लम्बे विवरणों से जो उसे दिए गए, वह यही समझ पाया कि उस बुड्ढे ने टैक्सी ली थी। लेकिन उसकी ऐसा कहने की हिम्मत नहीं हुई कि तब वह भी टैक्सी ले सकता था बल्कि बिना किसी बहस में पड़े नितान्त अनिच्छा से उसने पैसे दे दिए। दरवाजा बन्द होते ही मरसो का सीना अनाहत आँसुओं से भर गया। कहीं बहुत समीप घड़ी ने चार के घंटे बजाए। वह दो घंटे सो चुका था। उसने देखा कि उसके और रास्ते के बीच सिर्फ सामनेवाला मकान था और तभी उसने अनुभव किया जिन्दगी के उस मन्द व रहस्यमय बढ़ते विस्तार को जो उस रास्ते में बह रहा था। उसका बाहर जाने का मन हुआ। मरसो ने बड़ी देर तक अपने हाथ धोए। वह अपने नाखून घिसने के लिए फिर से बिस्तर के किनारे पर बैठ गया और बड़े क्रम से नाखूनों पर रेती चलाता रहा।

दो या तीन बार आँगन में इतने जोर से घंटी बजी कि मरसो लौटकर खिड़की के पास बैठ गया। वहाँ से उसने देखा, एक मेहराबदार रास्ता उसके घर के नीचे से जाकर बड़े रास्ते में मिल जाता था। ऐसा लगता था जैसे रास्ते की समूची आवाजें, मकान के उस पार की सारी अनजानी जिन्दगी, उन लोगों का शोरगुल जिनके पास कोई पता होता है, एक परिवार होता है, किसी रिश्तेदार के साथ कुछ अनबन होती है, खाने के निजी शौक होते हैं, कोई पुरानी दीर्घकालिक बीमारी होती है, लोगों का विशाल समूह जिसमें हरेक का अपना अलग व्यक्तित्व होता है, ठीक उसी तरह जैसे कि भीड़ का सामूहिक भीषण शोर, एक अत्यन्त धीमी थाप की तरह धीरे-धीरे अन्दर आया और आँगन में होता हुआ मरसो के कमरे तक ऐसे फैल गया जैसे विस्फुटित होते पानी के बुलबुले। दुनिया के प्रत्येक संकेत का इतना ध्यान रखनेवाला मरसो अपने-आपको इतना छिद्रयुक्त अनुभव करके अब उस गहरी दरार को समझ सका जिसने उसे जिन्दगी के समक्ष खोलकर रख दिया था। उसने एक और सिगरेट सुलगाई और बड़ी बेकली से कपड़े पहने। जब वह अपने कोट के बटन लगा रहा था, धुआँ उसकी आँखों में चुभने लगा। वह चिलमची के पास लौटा, अपनी आँखें धोईं और बाल बनाने चाहे। लेकिन उसका कंघा गायब हो गया था। नींद में उसके बाल उलझ गए थे, जिन्हें हाथ से पुनः ठीक करने की कोशिश बेकार रही। वह जैसा था वैसा ही नीचे उतर गया—बाल चेहरे पर आए हुए और पीछेवाले सीधे खड़े हुए। अब वह अपने-आपको और भी छोटा महसूस कर रहा था। नीचे सड़क पर पहुँचकर उसने होटल का एक चक्कर लगाया उस छोटे रास्ते तक पहुँचने के लिए जो उसने ऊपर से देखा था। यह छोटा रास्ता पुराने नगर-भवन के सामनेवाले चौक में

जा मिलता था और सन्ध्या-समय जो कि प्राग में बहुत भारीपन लिये उतरती थी, नगर-भवन की गौथिक और टाइनस्की के पुराने गिरजाघर की प्राचीन मीनारें इस अँधेरे में भी स्पष्ट दिखाई पड़ती थीं। विशाल जन-समूह उस मेहराबदार पथ पर आ-जा रहे थे। जब भी कोई महिला उसके पास से गुजरती तो मरसो उसकी निगाह में वह आश्वासन ढूँढ़ता था जो उसे अब भी जिन्दगी का नाजुक और कोमल खेल खेलने के काबिल समझने की इजाजत देता था। लेकिन स्वस्थ लोगों में विह्वल दृष्टि से बचे रहने की एक स्वाभाविक योग्यता होती है। बढ़ी हुई दाढ़ी, बिखरे हुए बाल, आँखों में सताए हुए एक जानवर-जैसा भाव। उसकी पतलून इतनी ही मुसी हुई थी जैसे कि गले का कॉलर। वह अब उस अद्भुत विश्वास को खो चुका था जो एक अच्छे सूट को पहनकर या अपनी गाड़ी के स्टीयरिंग व्हील को सँभालने में मिलता है। सूरज की रोशनी अब कुछ लाल पड़ गई थी और ढलता हुआ दिन अब भी उस जगह में दूर दिखते हुए पुराने गुम्बदों की स्वर्ण-चोटियों पर कुछ ठहर गया था। वह उनमें से एक की तरफ बढ़ा और गिरजाघर के अन्दर चला गया और पुरानी सुगन्ध से अभिभूत हो एक बेंच पर बैठ गया। गुम्बद तो अब अँधेरे में बिलकुल डूब गया था लेकिन स्तम्भशीर्षों पर लगा सोना जैसे एक सुनहला, रहस्यमय जल उड़ेल रहा था जो कि उन स्तम्भों के खाँचों से बहकर देवदूतों की फूली हुई शक्लों तक और मन-ही-मन हँसते सन्तों तक पहुँच रहा था। एक मधुरता, हाँ, वहाँ एक मधुरता थी लेकिन इतनी कड़वी कि मरसो देहली की तरफ झपटा और सीढ़ियों पर खड़े होकर रात की ठंडी, ताजा हवा में साँस लेने लगा जिसमें वह बँध-सा गया था। एक क्षण बाद टाइन की दो मीनारों के बीच उसने शाम का पहला तारा निकलते देखा, स्वच्छ और निरावृत।

तत्काल वह एक सस्ते रेस्तराँ की तलाश में निकल गया, ज्यादा अँधेरी व कम भीड़वाली गलियों में घुसकर देखने लगा। दिन में बारिश नहीं हुई थी फिर भी मिट्टी सीली हुई थी और बीच-बीच में फुटपाथ पर बन गए पोखरों से मरसो बड़े ध्यान से स्वयं को बचा रहा था। फिर हल्की-हल्की फुहार पड़ने लगी। ज्यादा हलचलवाली गलियाँ वहाँ से दूर नहीं लगती थीं क्योंकि अखबार बेचनेवालों की आवाजें वहाँ तक सुनाई पड़ रही थीं जो चिल्ला रहे थे—'ल नरोदनी पोलितिका।' इस समय मरसो वहीं चक्कर लगाता रहा। अचानक वह रुक गया। रात की गहनता में से उसे एक अजीब-सी गन्ध आई। तीखी और खमीरी इस ख़ुशबू ने उसके अन्दर दबे दुख को और उभार दिया। यह खुशबू उसे अपनी जबान पर महसूस हुई, नाक में अन्दर तक और आँखों में। पहले वह बहुत दूर थी, फिर गली के नुक्कड़ पर और अँधेरे आसमान और चिकने-फिसलने पत्थरों के बीच ऐसे मौजूद महसूस हुई जैसे प्राग की रातों का अभद्र जादू। वह उसी की ओर बढ़ा जो धीरे-धीरे और वास्तविक होती गई और हर तरफ से घेरते हुए आँखों में इतनी चुभी कि आँसू आ गए जिससे वह एकदम निःसहाय हो गया। एक गली के कोने में पहुँचकर उसे यह भेद समझ में आया : एक बुड्ढी औरत सिरके में भीगे हुए खीरे बेच रही थी और इसी गन्ध ने उसे इस तरह अपने कब्जे में कर लिया था। एक राहगीर रुका, उसने एक खीरा खरीदा जो उस वृद्धा ने एक कागज में लपेटकर दिया। वह कुछ कदम चला और मरसो के सामने पहुँचकर उसने अपना पैकेट खोला और दाँतों से खीरे का एक बड़ा-सा टुकड़ा काटा। उसके रसभरे गूदे की और भी तीखी ख़ुशबू सारे में फैल गई। परेशान, मरसो एक बिजली के खम्भे के सहारे खड़ा हो गया और उस क्षण दी हुई संसार की समस्त

विचित्रता और अकेलेपन को देर तक अपनी साँसों में पीता रहा। फिर वह वहाँ से चला गया और बिना ज्यादा ध्यान दिए उस रेस्तराँ में जा घुसा जहाँ से एकोर्डियन पर बज रही धुन का स्वर आ रहा था। वह कुछ सीढ़ियाँ नीचे उतरा, उसने अपने-आपको एक बहुत कम प्रकाशित तहखाने में पाया जो लाल रोशनी से भरा था। वह बीच-बीच ही में रुक गया। निस्सन्देह वह बहुत ही अजीब लग रहा होगा क्योंकि एकोर्डियनवाले ने एकदम धीमा बजाना शुरू कर दिया और लोगों की बातचीत बन्द हो गई। सब उसकी तरफ देखने लगे। एक कोने में कुछ लड़कियाँ खाना खा रही थीं। उनके होंठ बहुत ज्यादा तेल से चमक रहे थे। बाकी ग्राहक चेकोस्लोवाकिया की भूरी व मिठास-भरी बियर पी रहे थे। बहुत-से लोग बिना कोई ऑर्डर दिए वहाँ बैठकर सिगरेट पी रहे थे। मरसो एक लम्बी मेज पर गया जहाँ एक अकेला आदमी बैठा था—लम्बा व पतला, पीले बालोंवाला। वह कुर्सी में पसरकर बैठा था, उसके हाथ जेब में थे। वह अपने फटे हुए होंठ माचिस की एक तीली पर चिपकाए हुए था जो कि थूक से पहले ही कुछ फूल गई थी। कभी वह उसे अजीब-सी आवाज के साथ चूसता था, कभी अपने मुँह में एक कोने से दूसरे कोने में सरकाता था। जब मरसो वहाँ बैठा तो यह आदमी अपनी जगह से हिला तक नहीं। फिर वह दीवार की तरफ थोड़ा-सा सरका, आगन्तुक की ओर से मुँह में लगी माचिस जरा-सी हटाई, नामालूम-सी आँखें झपकाईं और तभी मरसो ने उसके काज में एक लाल सितारा लगा देखा।

मरसो ने जल्दी से थोड़ा-बहुत खाया। उसे भूख नहीं थी। एकोर्डियन अब जोर से बज रहा था लेकिन वह आदमी जो इसे बजा रहा था, नवागन्तुक को टकटकी लगाकर देख रहा था। दो बार मरसो

ने भी इसी तरह अपनी आँखों में चुनौती भरकर उसकी ओर देखने की कोशिश की लेकिन बुखार ने उसे कमजोर कर रखा था। वह आदमी इसे अभी तक घूर रहा था। अचानक उनमें से एक लड़की जोर से हँस पड़ी। लाल सितारेवाले आदमी ने जोर से अपनी तीली को चूसा और थूक का एक गोला-सा वहाँ इकट्ठा हो गया। उस बजानेवाले ने, जो अभी तक मरसो को देख रहा था, अपनी जोशीली धुन बन्द करके एक बहुत धीमी—शताब्दियों की धूल से भारी—धुन बजानी शुरू कर दी। इस समय एक नये ग्राहक को अन्दर करने के लिए दरवाजा खुला। मरसो ने उसे देखा नहीं लेकिन खुले दरवाजे में से सिरके व खीरे की सुगन्ध एकदम उसमें भर गई। यह खुशबू बहुत शीघ्र उस अँधेरे तहखाने में बिछ गई, एकोर्डियन की रहस्यमयी धुन में मिल गई। उस आदमी की तीली पर थूक और इकट्ठा हो गया, लोगों की बातचीत अचानक और ज्यादा अर्थपूर्ण हो गई, जैसे प्राग पर सोई रात्रि की पुरानी दुनिया का समूचा दुख-दर्द इस कमरे के अपनेपन में यहाँ बैठे लोगों के बीच पनाह ले रहा हो। मरसो ने, जो बहुत ज्यादा मीठा मुरब्बा खा रहा था, एकाएक अपने-आपको टूटता हुआ महसूस किया। उसे लगा कि वह घाव जिसे वह अभी तक अपने अन्दर छिपाए हुए था, सबके सामने खुल गया है और सबको उसके दर्द व बुखार के बारे में पता लग गया है। वह तेजी से उठा, बैरे को बुलाया। उसकी कोई बात समझ में नहीं आई। एकोर्डियन बजानेवाले की निगाह अभी तक अपने ऊपर जमे देखकर एकाएक उसे बहुत ज्यादा पैसे दे दिए। वह दरवाजे तक पहुँचा, उस आदमी के पास से गुजरा और देखा कि वह अभी तक उसी मेज पर टकटकी लगाए देख रहा है जहाँ से वह अभी-अभी उठकर आया था। तभी वह समझ पाया कि यह आदमी अन्धा था, फिर वह तेजी से

सीढ़ियाँ चढ़ा, दरवाजा खोला, बाहर की मौजूद खुशबू में कूदा और रात की गहराई में जाने के लिए छोटी-छोटी गलियों की तरफ बढ़ गया।

घरों के ऊपर तारे चमक रहे थे। वह किसी नदी के पास होगा क्योंकि उसकी मीठी व शक्तिशाली आवाज उसे सुनाई दे रही थी। एक मोटी दीवार में, जिस पर यहूदियों की भाषा में कुछ लिखा हुआ था, लगे एक छोटे-से जँगले के पास पहुँचकर उसने अन्दाजा लगा लिया था कि ये कोई यहूदियों की बस्ती थी। दीवार के ऊपर से मीठी खुशबूवाले बेल की टहनियाँ लटक रही थीं। जँगले के सामने बेलपत्रों से ढके बड़े-बड़े भूरे पत्थर दिखाई देते थे। यह प्राग के यहूदियों का पुराना कब्रिस्तान था। यहाँ से कुछ कदम दूर भागते हुए मरसो शहर के होटल के पुराने चौक में पहुँचा। होटल के पास उसे दीवार का सहारा लेने की आवश्यकता हुई और उसे बड़े जोर से उलटी हो गई। उस समस्त स्पष्टता के साथ जो अत्यन्त निर्बलता प्रदान करती है, वह बिना कोई गलती किये अपने कमरे में पहुँचा, लेटा और शीघ्र ही सो गया।

अगले दिन उसकी नींद अखबार बेचनेवालों की आवाज से खुली। दिन अब भी घिरा हुआ था लेकिन सूरज बादलों के पीछे छिपा हुआ जान पड़ता था। मरसो को कुछ कमजोरी तो थी लेकिन तबीयत पहले से अच्छी लग रही थी। लेकिन वह अपने सामने पड़े लम्बे दिन के बारे में सोच रहा था। इस तरह अपनी स्वयं की मौजूदगी में जीने से समय बहुत बढ़ा हुआ लगता है। उसे लगा जैसे दिन के हरेक घंटे में एक पूरी दुनिया समाई हुई है। सबसे पहले यह जरूरी था कि वह कल-जैसी नाजुक स्थिति को दूर रखे। सबसे अच्छा था कि वह शहर को तरतीब से देखे। पाजामे में ही वह अपनी मेज पर बैठ गया और एक योजनाबद्ध समय-सारणी तैयार की जिससे एक सप्ताह तक हर दिन के लिए उसके

पास कुछ-न-कुछ करने को हो गया। मठ और 15वीं-16वीं शताब्दी के गिरजाघर, अजायबघर, शहर की पुरानी बस्ती, कुछ भी वह भूला नहीं था। फिर उसने मुँह-हाथ धोया और यह देखकर कि अपने लिए एक कंघा खरीदना भूल गया है, पहले दिन की तरह ही वह फैले हुए बालों सहित चुपचाप नीचे उतरकर दरबान के पास खड़ा हो गया। दरबान के बाल दिन में भी सीधे खड़े थे, चेहरे पर हैरानी थी और उसके कोट का दूसरे नम्बर का बटन टूटा हुआ था। होटल से बाहर निकलते ही एकोर्डियन की एक बालसुलभ व सहृदय धुन उसके कानों में पड़ी। पहले दिनवाला अन्धा, उसी पुरानी जगह के एक कोने में, अपने पंजों पर उकड़ूँ बैठा उसी तरह मुस्कराते हुए अपने साज को उसी रिक्त भाव से बजा रहा था जैसे कि वह अपने-आपसे एकदम मुक्त होकर जीवन की उस गति में पूरी तरह लीन हो गया हो जो उसे काफी पीछे छोड़ चुकी है। गली के नुक्कड़ पर पहुँचकर जब मरसो मुड़ा तो उसे खीरे की गन्ध आई और उसके साथ उसकी परेशानी।

यह दिन वैसा ही था जैसे कि वे दिन जो बाद में गुजरे। मरसो देर से उठता था। मठ, गिरजाघर वगैरह देखने जाता था, उनके तहखाने व धूपबत्ती वगैरह की महक में आश्रय लेता था। फिर दिन निकलने पर गली के हर नुक्कड़ पर मिलनेवाले खीरे बेचनेवालों का गुप्त भय उसे सताने लगता था। इसी गन्ध के बीच उसने अजायबघर देखे थे और पुरानी कला के रहस्य व प्रचुरता को समझा था जिसने प्राग को अपने सोने व वैभव से भर रखा था। वह सुनहरी रोशनी जो अँधेरे की तह में छिपे पूजागृह को थोड़ा-सा प्रकाशित कर रही थी, आकाश में फैले उस ताम्रवर्ण-जैसी लग रही थी जो कोहरे और धूप के मिलने से आसमान में बनता है और प्राग के ऊपर प्राय: दिखता है। स्तम्भों की लहरियेदार

कुंडली और वह सूक्ष्म, सघन सजावट जो लगता था सुनहरी कागज काटकर बनाई गई है, बच्चों के उन पालनों के सदृश थी जो बड़े दिन पर सजाए जाते हैं। वह सजावट इतनी हृदयस्पर्शी थी कि मरसो ने उसमें एक ऐसी भव्यता—अद्भुत रूप और प्राचीन शैली की झलक—महसूस की जैसे कि एक अत्यन्त उत्तेजित, शैशविक और शब्दाडम्बरपूर्ण स्वच्छंदता जिससे मानव स्वयं को अपने निजी अवगुणों से बचाता है। जो भगवान यहाँ पूजा जाता था वो वह था जिससे हम डरते हैं, जिसका हम सम्मान करते हैं, वह नहीं जो धूप और समुद्र के जोशीले क्रीड़ा-कौतुक में इनसान के साथ हँसता हो। धूल की भीनी गन्ध से और उस शून्यता से निकलकर जो उन अन्धकारमय गुम्बदों में छाई हुई थी, मरसो अपने-आपको देशविहीन महसूस करता था। रोज शाम को वह शहर के पश्चिम में, चेकोस्लोवाकिया के भिक्षुओं के मठ में चला जाता था। मठ के बगीचे में कबूतरों की उड़ान के साथ समय निकल जाता था। वहाँ की घंटी उस हरियाली में बड़ी मीठी लगती थी लेकिन मरसो से तो उसका ज्वर ही बात करता था। इसी तरह समय निकल जाता था। लेकिन वह समय भी आता जब गिरजाघर और स्मारक बन्द हो जाते और रेस्तराँ अभी खुले नहीं होते थे। यही मुसीबत थी। मरसो व्लताबा नदी के किनारे जो कि दिन ढलते-ढलते बैंडवालों से और फूलों से भर जाता था, टहलता था। छोटी-छोटी नौकाएँ एक के बाएँ एक बाँध पार करके नदी में चलती जा रही होती थी। मरसो उनके साथ-साथ भागने लगता था। धीरे-धीरे उसे बहरा करनेवाले शोरगुल व बाँध के फाटक से तूफान की तरह बहते पानी की तेज आवाज को छोड़कर, सच्चा चैन और शान्ति मिल जाती थी। पर फिर कोई हल्की-सी आवाज सुनकर वह चलना शुरू करता या जो बढ़ते-बढ़ते कान फाड़नेवाला शोर बन

जाती थी। नये बाँध पर पहुँचकर वह उन रंगीन नावों को देखने लगता था जो व्यर्थ ही, बिना उलटे, बाँध पार करने की कोशिश करती थी, जब तक कि उनमें से एक खतरे का निशान पार नहीं कर लेती थी और लोगों का कोलाहल पानी के शोर में ज्यादा हो जाता था। ये बहता हुआ सारा पानी अपने साथ इतनी चीख-पुकार लिये हुए, संगीत लिये हुए बगीचे की महक लिये हुए, आकाश में छुपते सूरज कई ताम्रवर्ण दीप्ति का प्रतिबिम्ब लिये हुए, चार्ल्स पुत्र पर खड़ी मूर्तियों की कुंचित और विकृत परछाइयाँ लिये हुए मरसो को अपने उत्साह-रहित अकेलेपन की, जहाँ प्रेम का कोई सम्बन्ध नहीं था, बहुत दर्द-भरी व व्यग्र याद दिलाता था। और पानी और पत्तियों की खुशबू के पास रुककर, जो उसमें भरती जा रही थी, उसे अपना गला रुँधा हुआ लगता था। वह उन आँसुओं की कल्पना करता था जो निकलते नहीं थे। एक साथी का होना काफी होता या किसी की खुली बाँहें। लेकिन उस निष्ठुर दुनिया के सामने, जिसमें वह डूब गया था, आँसू बाहर आने से रुक जाते थे। कभी-कभी चार्ल्स पुल के पास से गुजरते हुए वह हमेशा इसी सन्ध्या-समय, शहर की हलचल-भरी गलियों से कुछ ही कदम दूर, नदी के ऊपर बसी एकदम शान्त और सुनसान ह्दिशिन की बस्ती में सैर के लिए चला जाता था। कभी वहाँ के भव्य महलों में भटक जाता था, कभी मुख्य गिरजाघर के चारों तरफ काम किये हुए शुद्ध लोहे के जँगले के सहारे-सहारे लम्बे, पक्के रास्ते में चलता रहता था। वहाँ की निस्तब्धता में, महलों की विशाल दीवारों के बीच उसके कदमों की आवाज गूँजती थी। शहर का एक मन्द-सा कोलाहल यहाँ उसके पास तक पहुँचता था। यहाँ इस बस्ती में कोई खीरा बेचनेवाला तो नहीं था लेकिन इस शान्ति और व्याप्त ऐश्वर्य में कुछ उत्पीड़कता थी जिसके

कारण मरसो अन्ततः उसी खुशबू या संगीत के पास लौट आता था जो अब उसका सम्पूर्ण स्वदेश ही बन गया था। वह उसी रेस्तराँ में खाना खाता था जो उसने ढूँढ़ा था और जो उसे कम-से-कम जाना-पहचाना लगता था। उसकी जगह उस लाल सितारेवाले आदमी के पास थी जो सिर्फ शाम को आता था, एक बियर पीता था और अपनी माचिस की तीली चबाता था। शाम के खाने के समय वह अन्धा फिर अपनी धुन बजाता था और मरसो जल्दी-जल्दी खाना खाता था, पैसे देता था और बच्चों की तरह आई हुई तेज नींद में जो एक रात के लिए भी उसे नहीं छोड़ती थी, अपने होटल में लौट आता था।

हर रोज, मरसो जाने की सोचता था और हर रोज शून्यत्व के भाव में और ज्यादा डूबकर खुशी पाने की उसकी इच्छा कमजोर हो जाती थी। उसे प्राग में आए चार दिन हो गए थे और उसने अभी तक कंघा नहीं खरीदा था जिसकी कमी वह हर सुबह महसूस करता था। बहरहाल उसे यहाँ कुछ खो जाने का भ्रम-सा हो रहा था और अनजाने में वह उसी का इन्तजार करता जा रहा था। एक दिन वह शाम को अपने रेस्तराँ तक उसी छोटी-सी गली से गया जिसमें कि सबसे पहली शाम उसे खीरों की खुशबू मिली थी। आज भी खुशबू उसके नथुनों में आई ही थी कि तभी रेस्तराँ से जरा पहले सामनेवाले फुटपाथ पर किसी चीज ने उसे रोका। वह उसके पास गया। वहाँ एक आदमी पड़ा हुआ था—दोनों हाथ सीने पर बाँधे और सिर बाईं ओर झुकाए हुए। वही तीन या चार व्यक्ति दीवार के सहारे खड़े थे जैसे किसी चीज का इन्तजार कर रहे हों लेकिन फिर भी बड़े शान्त। उनमें से एक सिगरेट पी रहा था, बाकी धीमी आवाज में बात कर रहे थे। लेकिन एक आदमी पूरी बाँहों की कमीज पहने, कोट हाथ पर डाले हुए, फेल्ट हैट सिर पर

पीछे सरकाए, शव के चारों ओर जैसे एक जंगली नृत्य कर रहा था जो अमेरिकी आदिवासी नृत्य तो नहीं लगता था लेकिन शक्तिशाली और यंत्रणापूर्ण था। ऊपर, दूर, सड़क की बत्ती की मन्द रोशनी पास के रेस्तराँ से निकली हुई हल्की रोशनी में मिल गई थी। लगातार नृत्य करता हुआ यह आदमी, हाथ बाँधे हुए शव एकदम शान्त दर्शक, व्यंगपूर्ण विषगता, और अव्याख्येय खामोशी—अन्ततः यहाँ ध्यान और निर्दोषिता का तत्त्व विद्यमान था। अँधेरे-उजाले के उस कौतुक के बीच, जो उत्पीड़क तो अवश्य था, मरसो ने एक क्षण के लिए समरसता महसूस की और तब उसे लगा जैसे सब कुछ मूढ़ता में लोप हो जाएगा। वह और पास आया। गृतक का सिर लहू में डूबा हुआ था और अब उसे कुछ मोड़ दिया गया था जिससे वह घाव के ऊपर आ गया था। प्राग के इस एकान्त स्थान में, फुटपाथ के चिकने पत्थरों पर कहीं-कहीं रोशनी के बीच, यहाँ से कुछ ही दूर लम्बे, गीले रास्ते में गाड़ियों के तेज जाने की आवाज में ट्रामवे की रुकने की लम्बी, क्रमबद्ध आवाज में मौत मधुर और आग्रही प्रतीत होती थी और उसी की पुकार सुनकर, गर्म घुटती-सी वह साँस अपने बहुत करीब महसूस करके मरसो वहाँ से बिना पीछे देखे बड़े-बड़े डग भरता हुआ चल पड़ा। शीघ्र ही उसे वह खुशबू आई जिसे वह भूल गया था : अब वह रेस्तराँ में गया और मेज पर जगह देखकर बैठ गया। यह आदमी वहाँ था परन्तु बिना माचिस की तीली के। मरसो को उसकी निगाहें कुछ खोई-खोई-सी लगी। तभी उसने वह मूढ़ विचार अपने दिमाग से निकाल दिया। लेकिन उसका मस्तिष्क घूम रहा था। बिना किसी चीज का आदेश दिए वह तेजी से वहाँ से बच निकला, आपने होटल तक भागकर पहुँचा और बिस्तर पर गिर पड़ा। उसकी कनपटी बहुत जोर-जोर से फड़कने लगी। हृदय

शून्य और पेट कमर से लगा हुआ, उसमें विद्रोह भड़क उठा। उसकी आँखों में जीवन की स्मृतियाँ भर गईं। अचानक उसमें एक तड़प जाग उठी—औरतों के लिए, खुली हुई बाँहों के लिए और तपते होंठों के लिए। प्राग की व्यथा-भरी रातों की गहराई में से सिरके की खुशबू में से और उन प्रारम्भिक धुनों में से, पुरानी, विचित्र दुनिया की उद्विग्न मुखाकृति जो उसे ज्वर चढ़ने के साथ दिखाई दी थी, उसकी तरफ बढ़ने लगी। कष्ट से साँस लेते हुए, कलपुर्जे की तरह, अन्धी आँखों से वह अपने बिस्तर पर बैठ गया। बिस्तर के पासवाली मेज की दराज खुली हुई थी और उसमें एक अंग्रेजी अखबार बिछा हुआ था जिसका एक पूरा लेख उसने पढ़ा। फिर वह दुबारा अपने बिस्तर में जा पड़ा। उस आदमी का मुँह घाव की तरफ मुड़ा हुआ था जो कि इतना गहरा था कि दो-तीन उँगलियाँ उसमें आ सकती थीं। उसने अपने हाथ व उँगलियाँ देखीं और उसके मन में बच्चों-जैसी इच्छाएँ उठ आईं। वह एक उत्तप्त और गोपनीय उत्साह के आँसुओं से भर गया। और वह धूप और औरतों से भरे शहरों की एक याद थी, हरी शामों के साथ, जिससे कि सब घाव भर गए। अब वह फूट-फूटकर रोने लगा और उसके अन्तःकरण में अकेलेपन और शान्ति का एक बड़ा-सा सरोवर और विस्तृत होने लगा जिसके ऊपर उसके परित्राण का शोकाभिभूत गान सुनाई दे रहा था।

दो

उस ट्रेन में बैठे हुए जो उसे उत्तर की ओर ले जा रही थी, मरसो अपने हाथ देखने लगा। उस जगह जहाँ ट्रेन की तीव्र गति नीचे और भारी बादलों का घना बहाव काट रही थी, आसमान तूफानी दिखाई पड़ रहा था। इस उत्तप्त डिब्बे में मरसो अकेला था। आधी रात को वह अचानक चल पड़ा था। बाकी बची रात के सामने वह अकेला था। उसने बोहिमिया के परिदृश्य की समस्त सौम्यता को अपने में भर लिया जहाँ लम्बे, रेशम की तरह चमकते हुए चिनार के पेड़ों और दूर दिखती कारखाने की चिमनी के बीच आरान्न बारिश को देख उसे आँसुओं से रो लेने की इच्छा हुई। फिर उसने सफेद तख्ती देखी जिस पर जर्मन, स्पैनिश और फ्रेंच में यह आदेश अंकित था : 'बाहर झुकना खतरनाक है।' अब फिर से, घुटनों पर जिन्दा खूँख्वार जानवरों की तरह पड़े हुए उसके हाथों ने उसकी निगाह अपनी तरफ खींची। एक, बाईं ओर वाला लम्बा और लचकदार था। दूसरा गाँठदार और मांसल। वह उन्हें जानता था, पहचानता था और साथ-साथ उन्हें अपने से इतना अलग महसूस

करता था जैसे वे बिना उसकी इच्छा के कुछ भी काम कर सकने में समर्थ हों। उनमें से एक अब उसके मस्तक पर टिक गया और उसके उस ज्वर के बीच बाधा बन गया जो कनपटी पर इतना स्पन्दन कर रहा था। दूसरा धीरे-धीरे उसके कोट के सहारे खिसककर उसकी जेब से एक सिगरेट निकाल लाया जिसे उसने जी मिचलाने का बोध होते ही तत्काल फेंक दिया। घुटनों पर वापस पहुँचकर उसके दोनों हाथ फिर एकदम अलग हो गए और हथेलियों को कटोरे की शक्ल देकर उन्होंने मरसो को उसकी जिन्दगी का एक पहलू दिखाया—एक बार फिर अनासक्ति लेकिन जो लेना चाहे उसे अर्पण।

दो दिन तक उसने लगातार सफर किया। लेकिन इस बार उसे पलायन की प्रवृत्ति नहीं ढकेल रही थी बल्कि वह इस सफर की उकताहट से तृप्त-सा हो रहा था। रेल के इस डिब्बे ने जो उसे आधे यूरोप के बीच से ले जा रहा था, उसे दो दुनियाओं के बीच में रख दिया। वह अभी उसे लेकर आया था और कुछ ही क्षण बाद उसे छोड़नेवाला था। वह उसे एक ऐसी जिन्दगी से बाहर ले जा रहा था जिनसे वह स्मृति मात्र तक से मिटा देना चाहता था ताकि वह उस नई दुनिया की देहली तक पहुँच सके जहाँ मन की इच्छा ही अधीश्वर हो। एक पत्र के लिए भी मरसो उकताया नहीं। वह एक कोने में बिना किसी व्यवधान के बैठा रहा, अपने हाथ और बाहर का दृश्य देखता रहा और फिर सोच में डूब गया। उसने जान-बूझकर अपनी यात्रा ब्रैजलो तक बढ़ाई और वह सिर्फ आयात कर वालों को अपना टिकट दिखाने के लिए उठा। अपनी स्वतंत्रता के साथ वह और कुछ देर बैठना चाहता था। वह बहुत थक गया था और अपने-आप में चलने-फिरने लायक शक्ति महसूस नहीं कर रहा था। उसने अपने अन्दर की समूची शक्ति

और आशाएँ अपने-आपमें एकत्रित कीं, एक-एक अंश, अवशेष को संचित किया, आपस में गूँथा जब तक कि उसमें और उसकी किस्मत में नई स्फूर्ति नहीं आ गई। उसे वे लम्बी रातें अच्छी लगती थीं जब ट्रेन अपनी चमकीली पटरियों पर तेजी से दौड़ती जा रही थी, उन छोटे-छोटे स्टेशनों को छोड़ते हुए, जहाँ सिर्फ घड़ी पर ही रोशनी होती है, और बड़े स्टेशनों से कुछ पहले बिजलियों के झुंड के पास झटके से रुकते हुए जहाँ कुछ भी स्पष्ट देखना मुश्किल होता है क्योंकि ऐसा लगता था जैसे स्टेशन अचानक सारी ट्रेन को निगल गया हो और फिर अपनी गरमाई, दीप्ति और ढेर सारा सुनहलापन गाड़ी के डिब्बों में भर रहा हो। हथौड़ों से पहियों पर पड़ती चोट सुनाई दे रही थी। इंजन से भाप के बादल निकल रहे थे। और सिगनल देनेवाले कर्मचारी के लाल प्लेट नीची करके दिए हुए यंत्रवत संकेत ने मरसो को ट्रेन के तूफानी रास्ते की याद दिलाई जहाँ उसे सिर्फ प्रकाश और अपने अन्दर की अशान्ति दिखाई पड़ी। डिब्बे में फिर अँधेरे-उजाले का, काले और सुनहरे का खेल शुरू हो गया। ड्रेसटेने, बौटजैन, गौरलिट्ज, लुगवनीट्रेज। उसके पास अकेली लम्बी रात थी और सारा समय अपनी आनेवाली जिन्दगी के बारे में तय करने के लिए उस विचार के साथ धीरज-भरी कशमकश जो स्टेशन पास आते-आते उसके दिमाग से निकल गया था, दुबारा पकड़ाई में आया और इस बार रुका रहा, नतीजे देखे और बारिश और प्रकाश के चमकते, नृत्य करते तारों के सामने से फिर बच निकला। मरसो वह शब्द ढूँढ़ रहा था, वह वाक्य ढूँढ़ रहा था जो उसके हृदय की आशा को सूत्रबद्ध करता, और उसकी घबड़ाहट खत्म हो जाती। निर्बलता की उस हालत में जिसमें कि वह था, उसे नियमों की जरूरत थी। रात और फिर दिन, शब्द के साथ हो रहे इस हठी संघर्ष में, उस

प्रतिमा को सँजोने में जो इस क्षण से उसकी कल्पना में रंग भर रही थी और वह कोमल या दुर्भाग्यपूर्ण सपना देखने में निकल गए जो उसने अपने भविष्य का सजाया था। उसने आँखें बन्द कर लीं। जीने के लिए समय की आवश्यकता होती है। किसी भी कलाकृति के समान जीवन के बारे में भी हमें काफी सोचने की जरूरत होती है। मरसो ने अपनी जिन्दगी के बारे में सोचा और अपनी व्यग्र अन्तरात्मा और अपनी खुशी हासिल करने की इच्छा को रेल के उस डिब्बे में घुमाया जो उन दिनों वहाँ यूरोप में उसके लिए उन कोशिकाओं में से एक था जिसमें मानव अपने-आपको अपने से परे रखकर समझना सीखता है।

दूसरे दिन की सुबह, एक चरागाह के बीच, ट्रेन बहुत धीरे चलने लगी। ब्रैजलो अभी कुछ घंटे दूर था और दिन सिलेसिआ के विशाल मैदान पर निकला जहाँ एक भी पेड़ नहीं था, कीचड़ था, आसमान बरसनेवाले बादलों से भरा था। जहाँ तक निगाह जाती थी, बड़ी और काले रंग की चिड़ियाँ जिनके पंख चमकदार थे, समूह में और नियमित अन्तर से जमीन से कुछ ही मीटर ऊपर उड़ रही थीं। ज्यादा ऊपर उठने में असमर्थ थीं, क्योंकि वे शिला की तरह भारी थीं। वे एक घेरे में शिथिल और धीमी गति से उड़ रही थीं, और कभी-कभी उनमें से एक अपने जत्थे को छोड़ देती थी, जमीन की सतह से जरा-सा ऊपर उड़ती थी, करीब-करीब जमीन से ही सट जाती थी और उसी सुस्त उड़ान में दूर चली जाती थी, अन्तत: इतनी दूर कि अभी उगे क्षितिज में काले बिन्दु की तरह दिखलाई पड़ने लगती थी। मरसो ने अपने हाथों से शीशे की भाप साफ की और अपनी उँगलियों में शीशे पर बनी लम्बी धारियों में से बड़ी लोलुप दृष्टि से बाहर देखने लगा। मरसो के लिए उस वीरान जमीन से रंगहीन आसमान की तरफ एक अकृतज्ञ संसार का प्रतिरूप

उठा, जहाँ अन्ततः पहली बार वह अपने-आपमें लौट आया। इस जमीन पर निर्दोषिता की मायूसी पर पुनः लौटकर एक आदिम दुनिया में खोया हुआ मुसाफिर जिसने अपने सम्पर्क बनाए रखे हों, और मुट्ठियाँ कसकर सीने पर रखे हुए, चेहरा शीशे पर चिपकाए हुए उसने अपनी जीवन-शक्ति का अन्दाज लगाया—अपने लिए और उन दृढ़ विश्वासों की महानता के लिए जो उसमें सोए हुए थे। वह अपने-आपको इस मिट्टी में चूर-चूर करना चाहता था, इस चिकनी मिट्टी में मिलकर पुनः जमीन में समा जाना चाहता था, उस असीमित, विशाल मैदान में खड़ा होना चाहता था, झिरझिरे व कालिख-भरे आसमान के सामने मिट्टी-सने हाथ खोले हुए जैसे जिन्दगी के निरुत्साह और उत्कृष्ट चिह्न के सामने इस संसार के साथ अपनी समेकता की अभिपुष्टि करना चाहता था जिसका अत्यन्त घृणित पहलू उसने देखा था और जिन्दगी की अकृतज्ञता और भ्रष्टता में, अपने-आपको उसका अभिषंगी घोषित करना चाहता था। चलने के बाद से अब पहली बार वह अपरिमित उमंग जो उसे ऊपर उठाए हुए थी, टूट गई। मरसो ने अपने आँसू और अपने होंठ ठंडे शीशे के सहारे दबा रखे थे। फिर से वह शीशा हिला और परिदृश्य लुप्त हो गया।

कुछ घंटे बाद वह ब्रैजलो पहुँचा। दूर से उसे वह शहर कारखाने की चिमनियों व गिरजे की मीनारों का एक अटाला-सा दिखाई दिया। पास से देखो तो वह ईंटों और काले पत्थरों से बना था। छोटी टोपी लगाए लोग धीरे-धीरे गलियों में चल-फिर रहे थे। वह भी उनके साथ घूमता रहा, सुबह मजदूरों के एक कैफेटेरिया में हुई। वहाँ एक युवक हारमोनियम बजा रहा था : बड़ी सरस व भावुक बेवकूफी की धुनें जिससे मन को शान्ति मिल रही थी। मरसो ने एक कंघा खरीदने के बाद वापस दक्षिण की तरफ जाने का निश्चय किया। अगले दिन वह वियना पहुँच

गया। वह दिन के कई घंटे और पूरी रात सोया। जब वह उठा, उसका बुखार पूरी तरह उतर गया था। सुबह के नाश्ते में उसने उबले अंडे और ताजा क्रीम खूब जमकर खाए। तबीयत खराब होते हुए भी वह धूप और बादलों-भरी धूप-छाँही सुबह में निकल पड़ा। वियना बहुत ही आनन्ददायी शहर था : वहाँ देखने को कुछ भी नहीं था। सेंट स्टीफन का गिरजा बहुत बड़ा था और उसे पसन्द नहीं था। उसकी अपेक्षा उसे कैफेटेरिया जाना ज्यादा पसन्द था जो उसके सामने था और शाम को नहर के किनारे थोड़ा-सा नृत्य। दिन में वह रिंग[1] के सहारे-सहारे, सुन्दर बाजार और मोहक स्त्रियों की ऐयाशी में घूमता रहा। काफी देर वह इस चपल, रमणीय साज-सज्जा का आनन्द लेता रहा जो दुनिया के इस सबसे कम प्राकृत शहर में आदमी को अपने-आप से अलग कर देता है। लेकिन स्त्रियाँ बहुत सुन्दर थीं, बगीचे फूलों से भरे थे और मरसो रिंग पर ढलती साँझ में उस सहज व दीप्तिमान भीड़ के बीच जो बड़ी गतिमान थी, रक्तिम आसमान की पृष्ठभूमि में पाषाण-निर्मित घोड़ों की प्रतिमा के आधे और ऊँचे हिस्से को गौर से देख रहा था। तभी अचानक उसे अपनी मित्र रोज व क्लैयर का ध्यान आया। अपनी यात्रा के दौरान उसने पहला पत्र लिखा और सचमुच उसने अपनी खामोशी का बाहुल्य कागज पर उड़ेला था :

मेरे बच्चो,

मैं तुम्हें वियना से लिख रहा हूँ। मैं नहीं जानता तुम क्या सोच रहे हो। मैं सफर करके अपनी जिन्दगी पा रहा हूँ। मैंने भारी दिल से बहुत-सी खूबसूरत चीजें देखी हैं। यहाँ सुन्दरता की जगह

1. वियना का खास बाजार।

सभ्यता ने ले ली है। इससे बड़ी शान्ति मिलती है। मैं गिरजे या प्राचीन बथान नहीं देखता। मैं रिंग पर कई बार घूमता हूँ। और शाम आते-आते नाटकघरों व बहुमूल्य प्रासादों के ऊपर छुपते सूरज की लालिमा में पत्थर में बनी अश्व-प्रतिमाओं की अन्धी सजीवता मेरे हृदय में दर्द और खुशी का एक अजीब-सा मिश्रण भर देती है। सुबह मैं उबले हुए अंडे और क्रीम खाता हूँ। देर से सोकर उठता हूँ। तब तक होटल के कर्मचारी खातिर-तवज्जो के लिए मेरे चारों ओर घूमते रहते हैं। मुझे होटल के मैनेजर का तरीका बहुत पसन्द है, यहाँ का बढ़िया खाना खूब खाता हूँ (ताजा क्रीम के साथ)। शाम के लिए यहाँ बड़े मनोरंजक प्रदर्शन हैं और लुभावनी स्त्रियाँ हैं। सिर्फ कमी है तो तेज धूप की।

तुम लोग क्या करते हो? अपने बारे में लिखो और धूप के बारे में, उस बदकिस्मत के पढ़ने के लिए जिसका कहीं कोई घर नहीं है और जो सदैव तुम्हारा सच्चा शुभचिन्तक रहेगा।

पातरिस मरसो।

उस दिन शाम को पत्र लिखने के बाद वह वापस नृत्य में चला गया। शाम के लिए उसने एक आतिथ्यकर्त्री हेलेन को रोका हुआ था जिसे कुछ फ्रेंच आती थी और जो उसकी टूटी-फूटी जर्मन समझ लेती थी। नाचघर से सुबह दो बजे बाहर निकलते हुए वह उसके साथ उसके घर गया था, संसार के सबसे सही तरीके से उसे प्यार किया था और सुबह एक अनजाने बिस्तर में हेलेन की पीठ के सहारे अपने-आपको विवस्त्र पाया था, जिसके भरे नितम्बों और चौड़े कन्धों की वह निस्पृह भाव और अच्छे दिल से सराहना करता रहा था। उसको जगाना न

चाहते हुए वह वहाँ से चला गया और पैसे उसके एक जूते में डाल गया। अभी वह दरवाजे तक पहुँचा ही था कि उसे आवाज आई : "मेरे प्यारे, तुम गलती कर रहे हो!" वह वापस बिस्तर के पास आया। उसने सचमुच गलती की थी। ऑस्ट्रिया की मुद्रा से अपरिचित उसने वहाँ सौ शिलिंग के बजाय पाँच सौ शिलिंग का नोट छोड़ दिया था। "नहीं," उसने मुस्कराकर कहा, "ये तुम्हारे लिए है। तुम इतनी अच्छी हो।" हेलेन का झाईंदार, उलझे सुनहरी बालों से ढका हुआ चेहरा मुस्कराहट में खिल पड़ा। उसने तेजी से बिस्तर में खड़े होकर उसे दोनों गालों पर प्यार किया। इस चुम्बन ने जो उसने सच्चे दिल से निस्सन्देह पहली बार उसे दिया, मरसो के हृदय में भावनाओं की एक उमंग जगा दी। वह उसे लिटाकर, बिस्तर के सब किनारे ठीक करके फिर दरवाजे पर पहुँचा और मुस्कराते हुए मुड़कर देखा। "अलविदा!" उसने कहा। नाक तक ढकी चादर में से उसने अपनी बड़ी-बड़ी आँखें खोलीं और बिना एक भी शब्द कहे उसे वहाँ से जाने दिया।

इसके कुछ दिन बाद, अलजैर से लिखा हुआ एक पत्र मरसो को मिला :

प्रिय पातरिस,

हम लोग अल्जैर में हैं। तुम्हारे बच्चे फिर से तुमसे मिलकर बहुत खुश होंगे। अगर तुम्हें कुछ कहीं भी रोक नहीं रहा तो अल्जैर आ जाओ। हम तुम्हें 'ला मेंजो'[1] में रख सकेंगे। हम सब खुश हैं। हमें कुछ थोड़ी-सी झेंप जरूर है लेकिन वह शायद औचित्य की वजह से ज्यादा है। एक और कारण प्रतिकूल परिस्थितियों से

1. एक भवन का नाम।

सम्पर्क भी है। अगर खुशी हासिल करना चाहते हैं तो यहाँ आकर कोशिश कर लीजिए। एक सामान्य अराजपत्रित अधिकारी की तरह भर्ती होने से तो वह बेहतर होगा। आपके पैतृक प्यार की याद में,

रोज़, क्लैयर, कैथरीन।

पुनश्च : कैथरीन को 'पैतृक' शब्द के उपयोग पर आपत्ति है। कैथरीन हमारे साथ रहती है। अगर आप स्वीकार करें तो वह आपकी तीसरी पुत्री होगी।

उसने जेनेवा होकर अल्जैर लौटने का निर्णय किया। जैसे और लोगों को खास निर्णय लेने के लिए, जिन्दगी के सब जरूरी काम पूरे करने के लिए एकान्त की जरूरत होती है, मरसो को अकेलेपन व अजनबीपन से अत्यन्त विरक्ति के कारण मैत्री और विश्वास की ओर अपना खेल शुरू करने से पहले प्रत्यक्ष सुरक्षा की जरूरत थी।

उस ट्रेन में बैठे हुए जो उसे उत्तरी इटली पार करके जेनेवा ले जा रही थी, उसने हजारों लोगों को खुशी के गान गाते सुना। पहले कल्पवृक्ष तक पहुँचते-पहुँचते जो कि वहाँ शुद्ध जमीन पर सीधा खड़ा था, वह मुग्ध हो गया था। अब उसे फिर से अपनी कमजोरी और बुखार का ध्यान आ गया। लेकिन उसमें कुछ सौम्य हो गया था। वह अब पूरी तरह मुक्त था। शीघ्र ही, दिन में जब धूप बढ़ती जाती थी और वह समुद्र के समीप आता जाता था, विशाल आकाश के नीचे जहाँ सिहरते जैतून के पेड़ों के बीच हवा और ज्योति की सरिता बहती थी, वह उल्लास जो संसार को प्रेरित करता था, उसके हृदय के उत्साह में शामिल हो गया था। ट्रेन का कोलाहल, बन्द डिब्बे का निरर्थक शोर, उसके चारों ओर वे सब जो हँस रहे थे या गा रहे थे एक ताल में एक तरह का आन्तरिक

नृत्य कर रहे थे जिसने उसे घंटों तक दुनिया के चारों कोनों में निश्चल बैठा हुआ प्रक्षिप्त किया और अन्त में मुक्त कर दिया, हर्षोत्फुल्ल और अवाक्, कोलाहलपूर्ण जेनेवा में जो कि अपनी खाड़ी व अपने आसमान के साथ अच्छे स्वास्थ्य में फटा पड़ रहा था और जहाँ इच्छा और आलस शाम तक संघर्ष करते रहते थे। उसे प्यास लग रही थी, भूख लग रही थी—प्यार करने की, आनन्द लेने की, आलिंगन करने की। उन देवताओं ने जो उसे जला रहे थे, उसे समुद्र में फेंक दिया, बन्दरगाह के एक छोटे-से कोने में जहाँ उसके मुँह में नमक और डामर का स्वाद आया और जहाँ तैरने में वह सब कुछ भूल गया। फिर वह पुरानी बस्ती की सड़कों और बदबूदार गलियों में भटक गया, रंगों को अपने लिए चिल्लाने दिया, जहाँ आकाश मकानों के ऊपर धूप के बोझ से दबा हुआ स्वयं अपना हरण कर रहा था और जहाँ गर्मियों की गन्दगी में बैठी बिल्लियाँ आराम कर रही थीं। वह उस रास्ते से गया जहाँ से पूरा जेनेवा दिखता था और समुद्र के खुशबू व चमक भरे उभरते उफान को अपनी तरफ बढ़ने दिया। आँखें बन्द करने पर वह उस गर्म पत्थर को, जिस पर वह बैठा हुआ था, बाँहों में भर लेता था और खोलने पर फिर यही शहर सामने पड़ता था। जहाँ जीवन का आधिक्य अपनी उन्नत, अभद्र रुचि को चिल्ला-चिल्लाकर सबके सामने रख रहा था। बाद के दिनों में वह बन्दरगाह की तरफ उतरते ढलान पर भी बैठा करता था और दोपहर में वहाँ से गुजरती हुई किशोर लड़कियों को देखा करता था जो नीचे नौकाघाट के दफ्तरों से ऊपर आती थीं। पैरों में सैंडल, भड़कीली और हल्की पोशाकों में बन्धनरहित स्तन! उन्हें देखने के बाद मरसो का मुँह सूख जाता था और दिल जोर-जोर से धड़कने लगता था, उस चाह को अनुभव करके जिसको वह एक ही साथ मुक्ति भी

समझता था और औचित्य-समर्थन भी। शाम को रास्ते में वह फिर इन्हीं युवतियों से मिलता था और उनका पीछा करता था—अपने बदन में तपती हुई कामुकता को समेटकर जो उसे एक भयावह माधुर्य के साथ उकसाती थी। दो रोज तक वह इसी कठोर उत्कंठा में जलता रहा और तीसरे दिन जेनेवा से अल्जैर के लिए चल पड़ा।

रास्ते-भर पानी और प्रकाश की अठखेलियाँ देखते हुए सुबह, फिर भरे दिन में और समुद्र पर ढली शाम को उसने अपना हृदय अम्बर की धीमी धड़कनों को सौंपा और फिर अपने-आप में लौट आया। उसे कुछ उपचारों की सामान्यता पर शक था। पुल पर लेटे हुए उसने यह अनुभव किया कि सोना ठीक नहीं बल्कि उसे जगे रहना चाहिए, सचेत रहना चाहिए, अपने दोस्तों के प्रति सचेत, अपनी आत्मा और अपनी देह के सुख के प्रति सचेत। उसे अभी अपनी खुशी और समर्थन जुटाना था। और बिना किसी शक के यह काम अब उसके लिए आसान हो गया था। समुद्र के ऊपर अचानक और ज्यादा लुभावनी हुई सन्ध्या की विचित्र शान्ति उस पर छा गई थी और आसमान में निकले पहले तारे की चमक धीरे-धीरे जोर पकड़ती जा रही थी, जहाँ दिन की रोशनी पीलापन लेकर पुन: व्यक्त होने के लिए तेजी से लुप्त हो गई थी। उसने महसूस किया कि इस वृहद खलबली और प्रचंड प्रकोप के बाद उसके अन्दर जो भी तमोगुणी और अनिष्टकर था, लुप्त हो गया था, एक आत्मा की सौम्यता और दृढ़ता की पूर्वस्थिति में आए उस क्षण के पारदर्शी उज्ज्वल जल को बहने देने के लिए। वह स्पष्ट देख सकता था। उसे बहुत अरसे से एक औरत के प्यार की कामना थी। और वह प्यार करने के लिए बना नहीं था। अपनी तमाम जिन्दगी—बन्दरगाहों के दफ्तर, उसका कमरा और उसकी नींद, उसका रेस्तराँ और उसकी प्रेयसी, उसने प्रधान रूप

से सदैव एक खुशी की खोज की थी जिसे पाना सारी दुनिया की तरह वह भी अपने अन्तस्तल में असम्भव समझता था। उसने खुश होने की इच्छा के साथ खेल किया था। कभी उसे चेतन मन से या प्रयत्नपूर्वक नहीं चाहा था। कभी नहीं, उस दिन तक जब...और उस क्षण के बाद से, सिर्फ एक, बड़ी स्पष्टता में परिकलित तथ्य से उसकी जिन्दगी बदल गई थी और उसे खुशी पाना सम्भव लगने लगा था। निःसन्देह उसने यह नवीन सत बहुत कष्ट सहकर उत्पन्न किया था। लेकिन उस अपमानजनक नाटक के सामने, जो उसने अब तक खेला था, यह कीमत कुछ भी नहीं थी। अब यह जाहिर था कि मार्थ से अब तक जो उसे बाँधे हुए था वह प्यार नहीं बल्कि अहंमन्यता थी। उसका अपने होंठ उसे समर्पित करना जो इतना अद्‌भुत लगता था, कुछ नहीं था सिवाय एक शक्ति का अपनी अभिस्वीकृति पर, विजय पर हर्षोत्फुल्ल आश्चर्य। उसके प्यार की लम्बी कहानी सचमुच में एक प्रतिस्थापन थी इस प्रारम्भिक आश्चर्य का एक दृढ़ निश्चय से और उसकी सौजन्यता का एक झूठे अभिमान से। उसने मार्थ से अपनी उन शामों को प्यार किया था जब वे साथ-साथ सिनेमाघर में दिखते थे और सबकी आँखें मार्थ की तरफ मुड़ जाती थीं, उन क्षणों को जब वह मार्थ को दुनिया के सामने रखता था। वह मार्थ में अपने-आपको प्यार करता था और अपनी ताकत को, अपनी जीने की अभिलाषा को। उसकी चाह भी, उसके शरीर के लिए वह गहरी लालसा भी शायद इसी नये-नये आश्चर्य से शुरू हुई होगी, खासतौर से इतने खूबसूरत एक बदन पर अधिकार होने पर, उस पर पूर्ण प्रभुत्व होने पर और उसे अभिभूत करने पर। अब वह जान गया था कि वह इस प्यार के लिए बना ही न था बल्कि काले देव के भोले और भयंकर प्यार के लिए बना था, जिसकी अर्चना वह अब से करेगा।

जैसा कि प्राय: होता है, उसके जीवन के सबसे अच्छे तथ्य एकदम खराब तथ्यों में पक्की तरह घुलमिल गए थे। क्लैयर और उसके मित्र, जागरियस और उसकी खुशी पाने की आकांक्षा सब कुछ मार्थ के चारों तरफ जमा हो गई थी। अब वह यह जानता था कि अगला कदम उठाना उसकी अपनी खुशी पाने की इच्छा पर निर्भर करता है लेकिन वह यह भी समझता था कि ऐसा करने के लिए उसे समय के अधीन होना पड़ेगा और समय के साथ समझौता करना एक बहुत ही वैभवयुक्त अनुभव है और बहुत भयंकर भी। कार्यविमुखता सिर्फ मध्य वर्ग के लिए घातक होती है। बहुत-से तो यह सिद्ध करने में भी असमर्थ रहते हैं कि वे सामान्य लोग नहीं हैं। उसने यह हक जीता था लेकिन तजवीज अभी बाकी थी। सिर्फ एक बात बदली थी। वह अपनी बीती जिन्दगी से और उससे जो वह खो चुका था, अपने-आपको एकदम मुक्त महसूस करता था। अब वह सिर्फ सीमाबद्धता चाहता था और अपने अन्दर यह बन्द अन्तराल, दुनिया के सामने स्पष्ट और धैर्यपूर्ण यह उत्ताप। जैसे हम एक गर्म डबल रोटी को दबाएँ और निचोड़ दें, वह अपनी जिन्दगी को अपने दोनों हाथों में इसी तरह बाँधकर रखना चाहता था। जैसा कि उसने उन दो लम्बी रातों में अकेले ट्रेन में बैठे हुए महसूस किया था, अपने-आप से बातें करके, अपने-आपको जीने के लिए तैयार करके। पहले अपनी जिन्दगी को रवेदार मिश्री की तरह चाटना, फिर एक रूप देना, तेज करना और अन्त में प्यार करना। यह उसकी एकमात्र अभिलाषा थी। अपने-आप में अपनी उपस्थिति को बनाए रखना, अब से उसका प्रयास जीवन की प्रत्येक दशा में यही था, चाहे इसकी कीमत उस अकेलेपन से ही देनी पड़े जिसे सहना अब वह अच्छी तरह जानता था, कितना मुश्किल है। वह विश्वासघात नहीं करेगा। उसकी समस्त प्रगल्भता ने इसमें उसकी

मदद की और उस स्तर पर जहाँ तक वह उसे ले गई, उसका प्यार भी जीने की एक उद्दंड उत्कंठा की तरह उसी में सम्मिलित हो गया।

जहाज के दोनों तरफ समुद्र में शिकन पड़ने लगीं। आसमान सितारों से भर गया। और एकदम शान्त मरसो को इस जिन्दगी को प्यार करने की बहुत प्रबल और गहरी इच्छा हुई और सराहने की—इसके आँसुओं में, धूप में, इस जिन्दगी को नमक में और गर्म पत्थर में। उसे लगा कि इसे दुलारने से उसकी प्यार करने की और मायूसी की तमाम शक्तियाँ आपस में अनुबद्ध हो जाएँगी। इसी में उसकी गरीबी थी और एक विशेष समृद्धता। ऐसा जगता था जैसे जीरो लिखकर वह अपना खेल फिर से शुरू करता हो लेकिन अपनी शक्तियों के प्रति पूरी तरह जाग्रत और उस सुव्यक्त उन्माद के प्रति भी जो उसे उसके भाग्य के बावजूद प्रेरित करता था।

और अन्त में वह अल्जैर पहुँचा—सुबह-सुबह सुस्त पहुँचना, समुद्र के ऊपर कासबा का जगमगाता हुआ प्रपात, पहाड़ियाँ और आकाश, खाड़ी की खुली हुई बाँहें, पेड़ों के बीच मकान और नौका-घाट की बहुत समीप आई हुई खुशबू। तब मरसो ने अनुभव किया कि वियना के बाद एक बार भी उसे जागरियस का ध्यान नहीं आया कि वह वही आदमी था जिसे उसने अपने हाथों से मारा था। अब उसने अपने-आप में इस भूलने की क्षमता को पहचाना जो सिर्फ बच्चों में, असाधारण योग्य व्यक्तियों में और एक अबोध में होती है। अबोध, बेहद खुशी में पागल। अन्त में उसने यह निष्कर्ष निकाला कि वह भी खुशी पाने के लिए बना था।

तीन

पातरिस और कैथरीन छत पर बैठकर धूप में अपना नाश्ता कर रहे हैं। कैथरीन अपने तैरने के लिबास में है और वह 'लड़का' जैसा कि उसके दोस्त उसे बुलाते हैं, स्लिप में, गले में एक तौलिया लपेटे हुए। नमक डालकर वे टमाटर और आलू की सलाद शहद और बहुत सारे फल खा रहे हैं। ठंडे होने के लिए उन्होंने आड़ू बर्फ में रखे और वापस निकालने पर उनके मखमली छिलके पर जमी बूँदों को चाटने लगे। उन्होंने अंगूर का रस निकाला और सूरज की तरफ मुँह करके पिया जिससे उनका चेहरा धूप में काला हो जाए (कम-से-कम पातरिस का, जो यह जानता था कि धूप से किया कालापन फायदेमन्द होता है)।

"धूप पी के देखो," कैथरीन की ओर बाँहें बढ़ाते हुए पातरिस ने कहा। उसने उसकी बाँह चाट ली। "हाँ," उसने कहा, "अब तुम भी।" वह भी इसी तरह धूप पीकर फिर वहीं लेट गया—अपनी पसलियों को सहलाते हुए। कैथरीन अपने पेट के बल लेट गई और तैरने की पोशाक को पेट के नीचे तक खींच लिया।

"मैं कोई अशिष्टता तो नहीं कर रही?"

"नहीं," लड़के ने बिना उस तरफ देखे कहा।

धूप भरपूर बह रही थी—उसके चेहरे पर थमते हुए। रोमकूप हल्के-से नम हो गए थे। उसने इस उफनती गरमी को साँसों से अन्दर खींच लिया और सो गया। कैथरीन ने अपने ऊपर आई धूप को हाथों में समेटा, लम्बी साँस ली और सराहते हुए धीरे-से बोली, "कितनी अच्छी है!"

"हाँ," लड़के ने जवाब दिया।

वह घर पहाड़ी की चोटी पर टिका हुआ था जहाँ से खाड़ी अच्छी तरह दिखती थी। उस बस्ती में इसे तीन विद्यार्थियों का घर कहते थे। वहाँ बढ़ने का रास्ता बहुत मुश्किल था जो कि जैतून के पेड़ों में शुरू होता था और जैतून के पेड़ों में ही खत्म होता था। सीढ़ियों के बीच में एक जगह चौकी-सी बनी हुई थी एक धुँधले रंग की दीवार के सहारे जो कि अश्लील रेखाचित्रों से भरी हुई थी और राजनीतिक नारों से जिन्हें पढ़कर क्लान्त मुसाफिर को नई प्रेरणा मिलती थी। उसके बाद जैतून के और पेड़ थे, शाखाओं के बीच में नीले आसमान के कुछ टुकड़े और लाल खेतों के किनारे-किनारे लगे मस्तगी के पेड़ों की सुगन्ध आ रही थी। उन खेतों में बैगनी, पीले और लाल कपड़े सूख रहे थे। बहुत पसीना बहाकर हाँफते-हाँफते वहाँ पहुँचने पर बोगनबेलिया की झाड़ियों से बचकर एक छोटा-सा नीला फाटक सरकाना पड़ता था, उसके बाद एक और बिलकुल सीधा जीना चढ़ना पड़ता था जैसे कि नसेनी हो लेकिन वह गहरे नीले रंग से ढका हुआ था जिसे देखने से ही प्यास बुझ जाती थी। रोज, क्लैयर, कैथरीन और वह लड़का इसे 'दुनिया से ऊँचा घर' कहते थे। हर ओर से प्राकृतिक दृश्य में खुला

हुआ वह ऐसा लगता था जैसे दीप्तिमान आसमान से एक छोटी-सी नौका इस रंग-बिरंगी दुनिया के ऊपर लटक रही हो। जहाँ से यह खाड़ी मुड़ती थी, एकदम गहराई से एक तरह का उत्साह ऊपर को आता था—झाड़-पत्तियों में, सूरज में, चीड़ के वृक्षों में और सरो के पेड़ों में, धूल-भरे जैतून के पेड़ों में, नीलगिरि के वृक्षों में और मकान की सतह तक में। इस उपाहार के मध्य, मौसम के हिसाब से वहाँ सफेद जंगली गुलाब, छुई-मुई के फूल खिलते थे या फिर मधुलवंग जिनकी महक दीवारों पर चढ़कर गर्मियों की शामों में फैल जाती थी। सफेद चादरें और लाल छत, क्षितिज के एक छोर से दूसरे छोर तक बिना एक भी सलवट के पिन से टँके हुए आसमान के नीचे समुद्र की मुस्कानें—इस दुनिया से ऊँचे घर ने अपनी बड़ी-बड़ी बरोठेदार खिड़कियाँ रंग और रोशनी के इस मेले पर खोली हुई थीं। लेकिन अतीत में बैगनी रंग के ऊँचे पहाड़ों की एक कतार अपने तीव्र ढलान में खाड़ी से जा मिलती थी और इसकी दूरस्थ परिरेखा में मादकता समाई रहती थी। यहाँ कोई भी इतनी सीधी चढ़ाई की या थकान की शिकायत नहीं करता था। प्रत्येक को हर रोज अपनी खुशी संचित करनी पड़ती थी।

दुनिया से परे इस तरह रहते हुए, अपना-अपना बोझ स्वयं अनुभव करके हर रोज अपना चेहरा कान्तिमय होते देखकर, अपने यौवन में झुलसकर अगले दिन के लिए फिर कुम्हलाया देखकर इस घर के चारों निवासी एक ऐसी शक्ति की उपस्थिति से अवगत थे जो एक ही साथ निर्णायक भी थी और कारण भी। दुनिया यहाँ एक पात्र बन गई, उन लोगों के बीच गिनी जाने लगी जिनकी सलाह हम बड़ी खुशी से लेते हैं, जहाँ सन्तुलित अवस्था ने प्यार को मारा नहीं है। उन्होंने उसे गवाही

के लिए बुलाया : "मैं और ये दुनिया," पातरिस ने बिना किसी खास प्रसंग के कहा, "हम तुम्हारी निन्दा करते हैं।"

कैथरीन ने, जिसके लिए वस्त्रहीन होने का मतलब होता था निषेधों से छुटकारा पाना, लड़के की अनुपस्थिति का लाभ उठाकर छत पर कपड़े उतार दिए और वहाँ आसमान के रंग बदलने तक रुककर खाने के समय इन्द्रिय-सुख से भरे गर्वीले तरीके से बोली, "मैं दुनिया के सामने नंगी हुई थी।"

"हाँ," पातरिस ने तिरस्कारपूर्वक कहा, "औरतें स्वभावतया अपने फितूरों को अपनी संवेदना से ज्यादा महत्त्व देती हैं।" कैथरीन विरोध में उछल पड़ी क्योंकि वह बुद्धिजीवी नहीं बनना चाहती थी। और रोज़ और क्लैयर एक साथ बोलीं, "चुप रहो कैथरीन! गलती तुम्हारी है।"

क्योंकि यह समझा जाता था कि हमेशा कैथरीन की ही गलती होती है। जैसी वह थी, सभी लोग उसे एक ही तरह से चाहते थे। उसका शरीर भारी और बेहद सुडौल था, भुनी हुई डबल रोटी-जैसा रंग और दुनिया में जो भी जरूरी हो उसके लिए पशुवत् अन्तर्बोध। वृक्षों की, समुद्र की और वायु की गूढ़ भाषा उससे ज्यादा अच्छी तरह और कोई नहीं समझ सकता था।

"वह नादान," क्लैयर लगातार खाते हुए कहा करती थी, "प्रकृति की एक शक्ति है।"

उसके बाद सब लोग धूप सेंकने बैठ जाते और चुप हो जाते थे। मानव ही मानव की शक्ति कम करता है। दुनिया उसे ज्यों-का-त्यों छोड़ देती है। रोज़, क्लैयर, कैथरीन और पातरिस अपने मकान की खिड़कियों में परछाईं और प्रत्यक्षता में जीते थे, यह एक तरह का खेल जो उन्हें आपस में बाँधता था, स्वीकार करते थे, मैत्री और स्नेह दोनों

को समानता से हँसकर कबूल करते थे लेकिन आकाश और समुद्र के नृत्य में लौटकर अपने भाग्य का अदृश्य रंग ढूँढ़ते थे और अपनी-अपनी गहराइयों में पहुँचकर फिर एक-दूसरे से मिलते थे। कभी-कभी बिल्लियाँ अपने मालिकों के पास आ जाती थीं। गुला सदैव ही गुस्से में आया करती थी—अपनी हरी आँखों में काला प्रश्नचिह्न लिये हुए, पतली और नाजुक—अचानक ही पागलपन के दौरे में जकड़कर प्रतिबिम्बों से लड़ने लगती थी।

"यह आन्तरिक ग्रन्थियों की वजह से होता है," रोज़ ने कहा। फिर वह हँसने लगी। दिल खोलकर हँसते हुए, उसके घुँघराले बालों के नीचे गोल चश्मे के पीछे उसकी मिची हुई शोख आँखें! तब गुला उसकी गोदी में कूद पड़ी (उसके लिए विशेष अनुग्रह), उसके चमकते बालों में अपनी उँगलियाँ घुमाने से रोज़ को बड़ा आराम मिला, शान्ति मिली और वह भी संवेदनशील आँखोंवाली बिल्ली बन गई, अपने कोमल और प्यार-भरे हाथों से गुला को और सहलाने लगी। रोज़ के लिए बिल्लियाँ इस दुनिया से छुटकारा पाने का एक साधन थीं, जैसे कैथरीन के लिए नग्नता। क्लैयर को दूसरी बिल्ली, जिसे काली कहते थे, ज्यादा पसन्द थी, वह अपने सफेद, गन्दे बालों की तरह कोमल थी और बेवकूफ, और किसी के भी तंग करने से चिढ़ती नहीं थी। क्लैयर की शक्ल फ्लोरेन्स के निवासियों-जैसी थी और आत्मा बहुत भव्य। बहुत ही शान्त और अपने-आपमें सिमटी हुई वह कभी-कभी अचानक खुल पड़ती थी। उसकी भूख अच्छी थी। उसे मोटी होते देखकर पातरिस ने डाँटा :

"हमें तुमसे नफरत है," उसने कहा, "एक खूबसूरत जान को अपने-आपको भद्दा बनाने का कोई हक नहीं होता।" लेकिन रोज़ ने

हस्तक्षेप किया, "तुम इस बच्चे को सताना कब बन्द करोगे। तुम्हें जितना चाहिए, खाओ, बहन क्लैयर।"

और दिन घूम रहा था सूर्योदय से सूर्यास्त तक, पहाड़ियों के चारों ओर, समुद्र के ऊपर, सुरम्य धूप में। सब लोग हँस रहे थे, हँसी-मजाक कर रहे थे, योजनाएँ बना रहे थे। सारी दुनिया प्रत्यक्षता पर खुश हो रही थी और उसी को मानने का दिखावा कर रही थी। पातरिस दुनिया के चेहरे से युवा तरुणियों के गम्भीर और मुस्कराते चेहरों की तरफ बढ़ गया। कभी-कभी वह अपने चारों तरफ उमड़ते इस संसार को देखकर अचम्भित रह जाता था। विश्वास और दोस्ती, धूप और सफेद मकान, मुश्किल से समझे हुए सूक्ष्म अर्थभेद : यहाँ वे अछूती खुशियाँ पैदा हुई थीं जिनकी परिशुद्ध गूँज उसने मापी थी। दुनिया से ऊँचा मकान, वे लोग आपस में कहते थे—वह मकान ऐसा नहीं है जहाँ मनोरंजन किया जा सकता है बल्कि ऐसा है जहाँ हमें खुशी मिलती है। पातरिस यह बात अच्छी तरह समझ गया जब दिन शाम में ढला और मन्द पवन के आखिरी झोंके के साथ सबने किसी के भी साथ समरूपता या सदृश्यता स्वीकार न करने का मानवीय और भयंकर प्रलोभन अपने अन्दर प्रवेश करने दिया।

आज धूप में बैठने के बाद कैथरीन दफ्तर चली गई थी। "मेरे प्यारे पातरिस," रोज़ ने अचानक बाहर आते हुए कहा, "तुम्हें सुनाने के लिए आज मेरे पास एक बहुत अच्छी खबर है।"

छतवाले कमरे में 'लड़का' आज बड़ी हिम्मत करके, हाथ में एक जासूसी उपन्यास लिये, दीवान पर लेटा हुआ था : "मेरी प्यारी रोज़, मैं तुम्हारी बात सुन रहा हूँ।"

"आज खाना बनाने की बारी तुम्हारी है।"

"अच्छा," पातरिस ने वहाँ से जरा भी हिले बिना कहा।

रोज़ चली गई अपना बस्ता उठाकर जिसमें उसने अन्धाधुन्ध शिमला मिर्च अपने दोपहर के खाने के लिए और लाविस का उकता देनेवाला 'इतिहास' खंड तृतीय डाला। पातरिस जिसे दाल बनानी थी ग्यारह बजे तक वहीं उस बड़े कमरे में मटरगश्ती करता रहा, उसकी गेरुए रंग की दीवारों को देखता रहा, उसमें पड़े दीवान व अलमारियों को देखता रहा, खिड़कियों में लगे हरे-पीले और लाल रंग के कच्चे रेशम के धारीवाले पर्दों को देखता रहा। फिर उसने जल्दी से दाल अलग उबाली, पतीले में थोड़ा-सा तेल डाला, एक प्याज डाली पकाने के लिए, एक टमाटर, एक गुच्छा धनिया और बड़े ध्यान से बनाने लगा। गुला और काली को भूख से चिल्लाने के लिए डाँटा। हालाँकि रोज़ ने उन्हें कल समझा दिया था।

"देखो बिल्लियो," उसने कहा था, "तुम्हें यह समझना चाहिए कि गर्मियों में भी इतनी गर्मी में भूख नहीं लगती है।"

बारह बजने में पन्द्रह मिनट पर कैथरीन आ गई, हल्के कपड़े की ड्रेस और खुले सैंडल पहने। वह अभी फुहार-स्नान करना और धूप में बैठना चाह रही थी। खाने की मेज पर वह आखिर में पहुँचेगी। रोज़ ने बहुत कठोरता से कहा था : "कैथरीन, तुम बर्दाश्त के बाहर हो।" गुसलखाने में से पानी की आवाज आ रही थी। और अचानक क्लैयर हाँफते-हाँफते आ गई, "तुमने दाल बना ली? मेरे पास एक बड़ी अच्छी विधि है बनाने की..."

"मुझे मालूम है। मैंने ताजा क्रीम ली...तुम बेकार में दोहराओगी, मेरी प्यारी क्लैयर।"

यह सच था कि क्लैयर की व्यंजन-विधि हमेशा ताजा क्रीम से शुरू होती थी।

"वह ठीक कह रहा है," रोज़ ने कहा जो अभी-अभी पहुँची थी।

"हाँ," लड़के ने कहा, "चलो खाने की मेज पर।"

उन्होंने रसोईघर में खाना खाया जो अतिरिक्त सामान रखने का कमरा भी हो सकता था। वहाँ सब कुछ था। रोज़ की विनोदपूर्ण उक्तियाँ लिखने के लिए डायरी तक भी थी। क्लैयर ने कहा, "नफासत से रहो पर साधारण भी रहो" और अपनी सॉसेज उँगलियों से खाने लगी। कैथरीन आई अपनी सुविधानुसार देरी करके, मदोन्मत्त और बेचैन, आँखें नींद से पीली पड़ी हुईं। उसके अन्तःकरण में अपने दफ्तर के बारे में भी सोचने के लिए यथेष्ट कड़वाहट नहीं थी—आठ घंटे वह निकालती थी दुनिया में से और अपनी जिन्दगी में से, एक टाइपराइटर को देने के लिए। उसकी सहेलियाँ समझ गई थीं और कल्पना करती थीं कि उनकी जिन्दगी ये आठ घंटे काटकर क्या होगी। पातरिस चुप रहा।

"हाँ," रोज़ ने कहा जिसे ज्यादा सहानुभूति दर्शाना पसन्द नहीं था, "सचमुच वह तुम्हारा काम है। और तुम सबसे पहले हर रोज हमसे अपने दफ्तर की बात करती हो। अब हम तुम्हारी बातें करना निषिद्ध करते हैं।" लेकिन, कैथरीन ने आह भरी।

"इस विषय पर राय ले लो। एक, दो, तीन, बहुमत तुम्हारे विरोध में है।"

"देखा तुमने," दाल सामने आने पर जो बहुत सूखी बनी हुई थी, सब चुपचाप खाने लगे तो क्लैयर ने कहा। खाना जब क्लैयर पकाती है और मेज पर उसे चखती है तो हमेश बड़े सन्तोष से कहा करती है, "बहुत बढ़िया बना है!" पातरिस ने जो अपनी प्रतिष्ठा रखता था, उस समय तक चुप रहना पसन्द किया जब तक कि सब खिलखिलाकर हँस नहीं पड़े। आज कैथरीन के लिए अच्छा दिन नहीं था। लेकिन वह

अपने लिए 14 घंटे के सप्ताह की अनुमति चाहती थी। उसने पूछा, "उसके साथ कौन सी.जी.टी.[1] चलेगा।"

"नहीं," रोज़ ने कहा, "आखिरकार काम तो तुम करती हो।"

क्षुब्ध होकर वह 'प्रकृति की शक्ति' धूप में जाकर सो गई। किन्तु कुछ ही देर में सभी वहाँ उसके पास चले गए और लापरवाही से उसके बाल चूमते हुए क्लैयर ने अपना यह विश्वास व्यक्त किया कि 'इस नादान' को जो कमी खलती है वह है एक पुरुष की कमी। क्योंकि इस 'दुनिया से ऊँचे मकान' में कैथरीन की तकदीर का निर्णय करना, कुछ जरूरतें उसके निमित्त बताना और उनका विस्तार-क्षेत्र व विविधता तय करना एक सामान्य रिवाज बन गया था। निश्चित रूप से समय-समय पर उसने यह कहा था कि वह काफी बड़ी है, वगैरह-वगैरह लेकिन कोई उसकी बात सुनता नहीं था।

"बेचारी," रोज़ ने कहा, "उसे एक प्रेमी की जरूरत है!"

फिर सब लोग धूप में बैठ गए। कैथरीन ने जो कि विद्वेषपूर्ण नहीं है, अपने दफ्तर की एक बात सुनाई कि कैसे लम्बे और सुनहरे बालोंवाली कुमारी परैज ने, जो शीघ्र ही शादी करने जा रही थी, सबसे बात करके इस विषय पर तथ्य इकट्ठे किये थे और विक्रय-प्रतिनिधियों ने मजा ले-लेकर कितने भयंकर विवरण उसे दिए थे, और अपनी शादी की छुट्टी से लौटकर किस चैन से मुस्कराते हुए उसने घोषणा की थी : 'इतना बुरा तो नहीं था।' "उसकी उम्र तीस साल की है," कैथरीन ने रहम खाते हुए कहा।

और रोज़ ने इस तरह के संशयग्रस्त किस्सों पर आपत्ति करते हुए कहा, "देखो, कैथरीन, यहाँ सिर्फ युवा लड़कियाँ ही तो नहीं रहतीं।"

---

1. C.G.T. फ्रांस में मजदूरों का संगठन।

दिन के इस समय हवाई डाक ले जानेवाला वायुयान शहर के ऊपर से गुजरता है और अपने जगमगाते कवच का अलौकिक सौन्दर्य पृथ्वी पर और आसमान में प्रदर्शित करता है। वह खाड़ी के संचलन में चलता है, उसी की तरह मुड़ता है, संसार के मार्ग में समाविष्ट हो जाता है और अचानक अपना खेल छोड़कर लक्ष्य लेता है, एकदम सीधा समुद्र में डुबकी लगाता है और पानी के सफेद और नीले गहन विस्फोट में उतरता है। गुला और काली बेफिक्री से पड़ी हैं, उनके छोटे-से साँप-जैसे खुले मुँह में गुलाबी तालू दिख रहा है और अपने विषयासक्त व अश्लील सपनों में खोए, पड़े-पड़े उनका बदन थरथरा रहा है। ऊपर आकाश अपनी समूची ऊँचाई से धूप और रंगों के बोझ से जैसे गिरा पड़ता है। आँखें बन्द किये हुए कैथरीन ने यह लम्बा और गहरा अद्य:पतन महसूस किया, जिसने उसे उसकी अन्तरतम गहराई में पहुँचा दिया, जहाँ कोई जीव धीरे-धीरे हिल रहा था और एक देव की तरह श्वास ले रहा था।

अगले इतवार को मेहमान आनेवाले थे। खाना क्लैयर को तैयार करना था। इसलिए रोज़ ने तरकारी काटी, बर्तन साफ किये और टेलि लगाई; क्लैयर उन सब्जियों को पतीलों में डालकर चढ़ा देती थी और जब तक वे तैयार होती थीं, अपने कमरे में बैठकर पढ़ती थी। बीच-बीच में वह रसोईघर में जाकर पतीलों में झाँकती रहती थी। आज सुबह भूरी लड़की मीना जिसके पिता की इस साल तीसरी बार मौत हो गई थी, फिर नहीं आई इसलिए रोज ने घर में भी सफाई की। मेहमान आ गए। पहली मेहमान थी एलियन जिसे मरसो आदर्शवादी कहता है। "क्यों," एलियन ने कहा, "क्योंकि जब कोई ऐसी बात कहता है जो सच हो पर बड़ी पीड़ा पहुँचानेवाली हो तो हम कहते हैं : ये सच जरूर है लेकिन

अच्छी नहीं है।" एलियन का दिल बड़ा अच्छा है। और वह समझती है कि वह 'दस्तानेवाले आदमी' से मिलती-जुलती है, हालाँकि शेष सब लोग इस समरूपता को नामंजूर करते हैं। लेकिन व्यक्तिगत तौर से उसका पूरा कमरा 'दस्तानेवाले आदमी' की तसवीरों से भरा हुआ है। एलियन कुछ-न-कुछ पढ़ती रहती थी। पहली बार जब वह 'दुनिया से ऊँचे मकान' में आई, उसने कहा था कि वह इसमें रहनेवालों में किसी तरह के निषेध न होने पर मोहित हो गई है। कुछ समय बाद उसे यह कुछ कम सुविधाजनक लगा। किसी तरह का नियंत्रण न होने का मतलब था कि उसकी कहानियाँ सभी को बहुत उकतानेवाली लगती थीं या सब लोग प्रीतिपूर्वक एक छोटा-सा वाक्य कह देते थे : 'एलियन, तुम तो गँवार हो!'

जब एलियन, नोयल के साथ जो कि दूसरा मेहमान था और व्यवसाय से मूर्तिकार था, रसोईघर में आई तो कैथरीन के ऊपर गिर पड़ी थी क्योंकि वह कभी खाना सामान्य तरीके से तो बनाती नहीं थी। लेटे-लेटे एक हाथ से अंगूर खाती थी और दूसरे से मैनेस सॉस तैयार करती थी। रोज़ जिसने एक बड़ा-सा नीले रंग का एप्रन पहन रखा था, गुला की चतुराई की सराहना कर रही थी जो कि कूदकर चूल्हे पर आ बैठी है दोपहर की पुडिंग खाने के लिए।

"देखो इसे," रोज़ ने सानन्द कहा, "लेकिन देखो, कितनी चतुर है।"

"हाँ," कैथरीन ने कहा, "आज तो इसने कमाल ही कर दिया!" और साथ में यह भी, "यह इतनी ज्यादा होशियार होती जा रही है कि इसने हरे रंग का छोटा लैम्प और एक फूलदान तोड़ दिया।"

एलियन और नोयल ने जिनकी साँस इस समय उनकी अरुचि

व्यक्त करने के लिए भी बहुत ज्यादा फूल गई थी, बिना किसी के कहे कुर्सी देखकर बैठ जाने का निश्चय किया। क्लैयर आ गई, सुशील और म्लान, उनसे हाथ मिलाए और आग पर चढ़े सूप को चखा। उसने कहा, 'खाने के लिए सब बैठ सकते हैं।' लेकिन आज पातरिस को देर हो गई थी। वह आया अनवरुद्ध बोलता हुआ। उसने एलियन को बताया कि वह उस समय बड़ी बुलन्द मनोदशा में है क्योंकि रास्ते में बहुत खूबसूरत महिलाएँ दिखी थीं। गर्म मौसम मुश्किल से ही शुरू हुआ था लेकिन वे हलके, झिरझिरे कपड़े, जिनमें भारी बदन हिचकोले खाता-सा दिखता है, नजर आने लगे थे। पातरिस के अनुसार उसका मुँह अभी से सूखने लगा था, कनपटियाँ तेज धड़कने लगी थीं और शरीर में गर्मी महसूस होने लगी थी। इन खास शब्दों में, इस सूक्ष्म विवरण के सामने एलियन व उसकी लज्जाशीलता चुप ही रहे। खाने की मेज पर सूप का पहला घूँट लेने के बाद सन्नाटा-सा छा गया। विनोदप्रिय क्लैयर ने अत्यन्त शुद्ध शब्दावली में कहा, "मुझे लगता है कि इस सूप में जली हुई प्याज की बू आ रही है।"

"नहीं तो," नोयल बोला जिसकी सहृदयता सबको भाती थी।

तब, उसकी नेकदिली का फायदा उठाने के लिए रोज़ ने उससे घरेलू जरूरत का कुछ सामान खरीदने के लिए कहा, जैसे हमाम, फारसी कालीन और फ्रिज। नोयल के जवाब देने पर कि रोज़ को प्रार्थना करनी चाहिए कि वह कोई लॉटरी जीत जाए, रोज़ ने कहा, "तुम्हारे लिए प्रार्थना करने से तो बेहतर है, हम अपने लिए ही करें।"

गर्मी बढ़ गई थी, वह तेज गर्मी जब ठंडी, बर्फीली मदिरा बहुमूल्य हो जाती है और फल शीघ्र आने लगते हैं। कैफेटेरिया में एलियन

बेधड़क होकर प्यार के बारे में बात करने लगी। अगर वह प्यार करती तो शादी कर लेती। कैथरीन ने उससे कहा कि अगर प्यार हो जाए तो सबसे ज्यादा जरूरी होता है शारीरिक मिलन और यह भोगवादी नीति एलियन को झँझोड़ देती थी। व्यावहारिक रोज इसकी पुष्टि करती, "अगर 'बदकिस्मती' से अनुभव ने यह सिद्ध न कर दिया हो कि विवाह प्यार का विनाश कर देता है।"

लेकिन एलियन और कैथरीन के विचार जबरदस्ती करने से सक्रिय विरोध में बदल जाते हैं और वे अनुचित हो जाते हैं, जैसा कि कोई भी उस तरह के स्वभाव से हो सकता है। नोयल जो कि यथार्थ और मूर्त रूप में सोचता है, नारी में, शिशु में और विषादपूर्ण एवं वास्तविक जिन्दगी में पुरुष-प्रधान व्यवस्था की वास्तविकता में विश्वास करता है। अब रोज़ ने एलियन और कैथरीन के चिल्लाने से क्षुब्ध होकर यह बहाना किया कि उसे अचानक नोयल के इतनी बार मिलने आने का प्रयोजन समझ में आ गया है।

"मैं आपकी बहुत आभारी हूँ," उसने कहा, "और मैं नहीं जानती आपको कैसे बताऊँ कि इस अन्वेषण ने मुझे कितना आकुल कर दिया है। कल होते ही मैं अपने पिताजी से 'अपनी' योजना के बारे में बात करूँगी और कुछ दिनों बाद आप खुद उनके सामने अपनी प्रार्थना रख सकते हैं।"

"लेकिन..." नोयल ने कहा जो कुछ समझ ही न पा रहा था।

"ओह," रोज़ ने बड़ा जोर लगाकर कहा, "मैं समझी। लेकिन मैं आपको बिना आपके कुछ कहे ही समझ गई हूँ। आप उनमें से हैं जो चुप रहते हैं और समझे जाने की आकांक्षा रखते हैं। लेकिन मुझे खुशी है कि आपने अपनी इच्छा खुद ही प्रकट कर दी क्योंकि यहाँ आपके

निरन्तर आने से मेरी प्रतिष्ठा की निष्कलंकता मलिन होने लगी थी।"

मुदित और कुछ चिन्तातुर नोयल ने कहा कि वह अपनी इच्छाओं की पूर्ति देख बहुत आह्लादित है।

"यह कहना जरूरी नहीं है," पातरिस ने सिगरेट सुलगाने से पहले कहा, "तुम्हें बहुत जल्दी करनी पड़ेगी। रोज की स्थिति में तुम्हारा यह फर्ज हो जाता है कि तुम शीघ्र ही आवश्यक कदम उठाओ।"

"क्या?" नोयल ने कहा।

"हे भगवान," क्लैयर बोली, "ये उसका सिर्फ दूसरा महीना है।"

"और फिर," रोज़ ने कोमलता से और आग्रहपूर्वक कहा, "आप वह उम्र पार पहुँच चुके हैं जब आप दूसरे के शिशु में अपने-आपको देखकर खुश होते हैं।"

नोयल के चेहरे पर कुछ शिकन पड़ गई और क्लैयर ने भलमनसाहत से कहा, "यह मजाक है। इसे जिन्दादिली से लिये जाओ। चलो, सब ड्राइंग रूम में चलें।"

तभी नियमों पर चल रहा विवेचन खत्म हो गया। हालाँकि रोज़ जो परोपकारी काम चुपचाप करती है, एलियन से बड़ी मधुरता से बातें कर रही है। बड़े कमरे में पातरिस खिड़की में खड़ा है, क्लैयर दाहिनी तरफ मेज से लगकर खड़ी है और कैथरीन चटाई पर लेट गई है। बाकी सब दीवान पर हैं। शहर पर और गोदी पर धुन्ध की मोटी तह छाई हुई है। लेकिन नाव खींचनेवालों ने अपना काम शुरू कर दिया है और उनके तेज चिल्लाने की आवाज तारकोल और मछलियों की गन्ध में मिलकर यहाँ तक पहुँच रही है, काले और लाल रंगों के जहाज के ढाँचों की दुनिया, जंग लगे हुए लंगरों की और जंजीरों की जिन पर समुद्री झंखाड़ जो एकदम नीचे की तह में जाग्रत हैं चिपके हुए हैं। हमेशा की तरह

यह एक शक्तिप्रिय जिन्दगी का तेजस्वी और भ्रातृत्वमय आह्वान है जिसका प्रलोभन यहाँ मौजूद सभी लोग महसूस करते हैं। एलियन ने रोज़ से उदासीपूर्वक कहा :

"तुम भी, गहराई में, मेरी तरह हो।"

"नहीं," रोज ने कहा, "मैं तो सिर्फ ख़ुश होने की कोशिश करती हूँ, जितना सम्भव हो।"

"और प्यार ही सिर्फ एक तरीका नहीं है," पातरिस ने बिना उधर देखे कहा। उसे एलियन से बहुत लगाव है। उसे डर है कि अभी-अभी उसने उसके दिल को ठेस पहुँचाई है। लेकिन वह रोज़ को अच्छी तरह समझता है और उसकी खुश होने की चाह को भी।

"यह एक साधारण ध्येय है," एलियन ने कहा।

"मैं नहीं जानता कि यह एक साधारण ध्येय है। लेकिन एक प्राज्ञ ध्येय अवश्य है। और तुम यह जानती हो..." पातरिस ने बात यहीं छोड़ दी। रोज़ ने आँखें कुछ बन्द कर लीं। गुला उसकी गोद में बैठ गई थी और उसके सिर और कमर को प्यार से सहलाते हुए रोज़ को उस गुह्य संयोग का पूर्वाभास मिला जिसमें अधखुली आँखों से बिल्ली और वह अचल औरत, एक ही दृष्टि से एक समरूप ब्रह्मांड देख सकेंगी। कई नौकाओं की लम्बी पुकारों के बीच हरेक अपने-अपने खयालों में डूब जाता था। रोज़ ने अपने अन्दर गुला को गोदी में सिमटकर बैठे हुए परपराना भरने दिया। गर्मी उसकी आँखों में संरुद्ध हो गई और उसे एक ऐसी नीरवता में डुबो दिया जहाँ सिर्फ अपने लहू का स्पन्दन ही सुनाई पड़ता था। बिल्लियाँ कई दिनों तक लगातार सोती हैं और सन्ध्या के पहले तारे से लेकर सुबह तक सम्भोग करती हैं। उनकी विषयासक्ति बहुत ही तीव्र होती है और उनकी नींद अत्यधिक गहरी। वे यह भी

जानती हैं कि शरीर में एक आत्मा होती है जिसमें आत्मा का कोई अंश नहीं होता। "हाँ," रोज़ ने आँखें खोलते हुए कहा, "खुश होना और जितना सम्भव हो।"

मरसो लुसिअन रैनाल के बारे में सोच रहा था। जब उसने अभी कुछ देर पहले कहा था कि रास्ते में खूबसूरत महिलाएँ थीं तो वह सिर्फ यह कहना चाहता था कि उसे एक स्त्री सुन्दर लगी थी। वह उससे किसी मित्र के घर मिला था। एक सप्ताह पहले वे लोग एक साथ बाहर गए थे और क्योंकि कुछ करने को नहीं था, एक खूबसूरत गर्म सुबह में गोदी के सहारे-सहारे छायादार चौड़ी सड़क पर साथ-साथ घूमे थे। उसने मुँह खोला ही न था और उसे घर छोड़ने के समय मरसो को यह देखकर आश्चर्य हुआ था कि वह उससे देर तक हाथ मिलाता रहा और मुस्कराता रहा। वह काफी लम्बी थी और हैट नहीं पहनती थी, पैरों में खुली हुई सैंडल पहन रखी थीं और सफेद कपड़े की ड्रेस पहने हुए थी। बुलवार्द पर चल रही हवा उनके प्रतिकूल थी। वह अपना पैर गर्म कंकड़ों पर चपटाकर, अच्छी तरह जमाकर रख रही थी जिससे कि विपरीत हवा में ठीक से चल सके। इस प्रयत्न में उसके कपड़े बदन से चिपक गए और उसके उदर की समतल, गोल रूपरेखा साफ दिखने लगी थी। उसके पीछे पड़े हुए सुनहरे बाल, उसकी छोटी और सीधी नाक और उसके स्तनों के शोभायमान उभार—इस सबकी वजह से वह एक तरह के गुह्य सामंजस्य का प्रतीक लगती थी और उस सामंजस्य को मान्यता भी देती थी जो उसे धरती से आबद्ध करता था और संसार को उसकी गतिविधियों के चारों ओर व्यवस्थित करता था। अपने चाँदी के ब्रेसलेट पहने हुए जो कि चेन से टकराने पर मधुर गुंजन करते थे और दाएँ हाथ में बैग सँभाले हुए, जब उसने अपना

बायाँ हाथ धूप से ओट लेने के लिए सिर तक उठाया तो उसके सीधे पैर का जरा-सा हिस्सा अभी जमीन पर ही था लेकिन उसे छोड़ने के लिए एकदम तैयार—और उस क्षण पातरिस को लगा कि उसकी अंग-मुद्राएँ उसे संसार से प्रतिबद्ध कराती हैं।

तभी उसने वह अप्रकट अनुरूपता अनुभव की जो उसके कदमों को लुसिअन के कदमों से मिलाती थी। वे दोनों बिना विशेष प्रयत्न किये हुए साथ-साथ चल रहे थे। निस्सन्देह ये अनुरूपता लुसिअन के चपटे जूतों से सहज हुई थी। लेकिन उन दोनों की अपनी-अपनी चालों में भी कुछ था जो कि लम्बाई और लचक में समान था। उसी समय मरसो का ध्यान लुसिअन की खामोशी और उसके चेहरे की दृढ़ भावाभिव्यक्ति पर गया; उसे लगा कि शायद वह नासमझ है और इससे उसे बड़ी प्रसन्नता हुई। बुद्धिहीन सौन्दर्य में कुछ दिव्यता होती है जिसके प्रति किसी व्यक्ति से भी ज्यादा मरसो भावुक था। इन्हीं सब कारणों से मरसो ने लुसिअन का हाथ देर तक थामे रखा, उससे अकसर मिला, उसके साथ उसी शान्त गति में देर तक घूमा, दोनों ने धूप से तपे चेहरे सूरज और सितारों को अर्पित किये, दोनों साथ-साथ तैरे अपनी भाव-भंगिमाओं और कदमों को मिलाकर जिसमें उनके शरीर की उपस्थिति के सिवाय और कोई विनिमय नहीं था। यह सब चला कल शाम तक जब मरसो ने लुसिअन के होंठों पर एक सुपरिचित और उद्विग्न करनेवाला अचरज महसूस किया। अब तक जिस बात ने उसे सबसे ज्यादा स्पर्श किया वह था उसका मरसो के कपड़ों से लिपटना, उसकी बाँह पकड़कर पीछे-पीछे चलना, वह आत्मसमर्पण और विश्वास जो उसके अन्दर विद्यमान पुरुष को प्रभावित करते थे। उसकी खामोशी भी जिसके द्वारा वह अपने-आपको हर क्षणिक अंग-भंगिमा में सम्पूर्णता भर देती थी और

बिल्लियों के साथ अपनी समानता को पूर्ण कर देती थी, ऐसी समानता जिसके प्रति वह उस आकर्षण-शक्ति की अनुगृहीत थी जो उसके सभी कार्यों में निहित रहती थी। कल रात खाने के बाद वह उसके साथ गोदी के अहाते में घूमने गया था। एक बार वे लोग छायादार चौड़ी सड़क की तरफ जानेवाले ढलान पर रुके थे और लुसिअन मरसो के ऊपर गिर-फिसल पड़ी थी। अँधेरे में उसे अपनी उँगलियों के नीचे उसकी उभरी हुई व बर्फ-जैसी ठंडी आँखों की हड्डियाँ महसूस हुईं और गर्म होंठ जहाँ भी उसकी उँगली लगी। इससे उसने अपने भीतर एक प्रकार का विशेष क्रन्दन अनुभव किया, अनासक्त पर उत्तप्त। तारों-भरी इस संकुलित रात में और उस शहर में जो उलटा हुआ आसमान लगता था मानवीय रोशनियों से फूला हुआ, जिसके नीचे गोदी से उसके चेहरे की तरफ गर्म और गहरी हवा उठ रही थी उसने इस गर्म स्रोत के लिए तृष्णा महसूस की, उसके सजीव होंठों से इस अमानवीय और सुप्त संसार का समस्त अर्थ अभिग्रहण करने की उच्छृंखल चाह जैसे कि उसके होंठों में परिबद्ध शान्ति। वह झुका और उसे लगा जैसे अपने होंठ किसी पक्षी के ऊपर रख रहा हो। लुसिअन कराही। उसने अपने दाँत लुसिअन के होंठों में गड़ा दिए और कुछ समय ऐसे ही खड़ा रहा—होंठों पर होंठ रखे उसकी समूची ऊष्मा को चूसता रहा, इतना लीन हो गया जैसे सारी दुनिया उसकी बाँहों में हो। वह भी उससे ऐसे चिपकी रही जैसे कि डूब रही हो और बार-बार उस गर्त में से जिसमें कि वह फँस गई थी, ऊपर को उछल रही हो, एक बार पीछे हटाकर अपने होंठ फिर उसकी तरफ बढ़ा देती थी जो शीघ्र ही नीचे उतर जाते थे, आखिर में उस ठंडे और काले पानी में गिर जाने के लिए जो एक दैवी विस्मृति की तरह उसके चारों ओर व्याप्त था।

...लेकिन एलियन तब तक चली गई थी। अब अपने कमरे में मनन और शान्ति की एक लम्बी दोपहर मरसो के सामने थी। खाने के समय सब एकदम चुप थे। किन्तु सर्वसम्मति से सब छत पर चले आए। दिन हमेशा बाकी दिनों में मिलकर खत्म होते हैं : खाड़ी पर कोहरे और धूप में चमकते हुए प्रभात से खाड़ी के ऊपर सन्ध्या के माधुर्य में। दिन समुद्र के ऊपर निकलता है और पहाड़ियों के पीछे छिप जाता है क्योंकि आकाश सिर्फ एक ही रास्ता दिखाता है जो समुद्र से पहाड़ियों तक जाता है। दुनिया सदैव एक ही बात कहती है, वह जगाता है फिर छीज जाता है। लेकिन हमेशा एक समय आता है जब वह बार-बार दुहराने के बल पर विजय प्राप्त करता है और अपने अध्यवसाय का पुरस्कार पाता है। इसी तरह 'दुनिया से ऊँचे मकान' के दिन, हँसी और साधारण बातों के एक बहुमूल्य वस्त्र में गुँथे हुए छत पर तारों-भरी एक रात को खत्म हो गए। वे सब लम्बी आरामकुर्सियों पर लेट गए और कैथरीन छत की मुँडेर पर बैठ गई।

आसमान में उत्तप्त और छिपा हुआ काली रात का चेहरा चमक रहा था। बत्तियाँ गोदी में बहुत दूर हो गई थीं और ट्रेनों के रुकने की कर्कश ध्वनि बीच-बीच में सुनाई दे रही थी। सितारे फैल रहे थे, सिकुड़ रहे थे, लुप्त हो रहे थे और फिर दुबारा निकल रहे थे : पल-पल में अस्थायी आकृतियाँ बनाते हुए, नई आकृतियों को जन्म देते हुए। उस निस्तब्धता में रात्रि ने अपनी सघनता और मांसलता पुन: प्राप्त कर ली थी। झिलमिलाते तारों से भरी रात ने उनकी आँखों में प्रकाश की वे ही क्रीड़ाएँ भर दीं जो आँसुओं से ही उत्पन्न होती हैं। और प्रत्येक ने आकाश की गहराई में डूबकर वह बाह्यतम बिन्दु

पाया जहाँ सब कुछ एकाकार हो जाता है, वह निजी और कोमल विचार जो किसी की भी जिन्दगी के अकेलेपन को बनाता है।

कैथरीन जिसका अचानक प्यार से दम घुटने लगा था सिर्फ आहें भरने लगी। पातरिस जिसे अपनी आवाज बदली हुई लगी, पूछने लगा, "तुम्हें ठंड नहीं लग रही?"

"नहीं," रोज़ ने कहा, "और फिर ये कितना सुन्दर है।"

क्लैयर उठ गई, दीवार पर अपने हाथ रखे और आकाश की तरफ मुँह करके देखने लगी। उसने अपने जीवन और जीने की इच्छा को, दुनिया में जो भी तात्त्विक और भव्य था, उसके साथ एकीकृत कर दिया और अपनी आशाओं को तारों के संचरण में मिला दिया। बड़ी चुस्ती से घूमकर उसने पातरिस से कहा :

"अच्छे दिनों में जिन्दगी में विश्वास करना चाहिए, उसमें जवाब देने की शक्ति है।"

"हाँ," पातरिस ने बिना उसकी तरफ देखे कहा।

एक तारा गिरा। उसके पीछे अब और ज्यादा गहन हुई रात्रि में एक दूरस्थ प्रकाशस्तम्भ की रोशनी फैल रही थी। कुछ लोग नि:शब्द कठिनाई से रास्ते में चढ़ते जा रहे थे। उनके भारी कदमों और जोर-जोर से साँस लेने की आवाज आ रही थी। कुछ देर बाद फूलों की महक आई।

दुनिया हमेशा एक ही बात कहती रहती है और इस धैर्यवान सत्य में जो तारे से तारे की ओर अग्रसर होता है, एक मुक्ति स्थापित होती है जो हमें अपने-आपसे व औरों से विमुक्त करती है, उसी तरह जैसे इस एक और धैर्यवान सत्य में जो मृत्यु से मृत्यु की ओर अग्रसर होता है। पातरिस, कैथरीन, रोज़ और क्लैयर ने अब वह सुख अनुभव किया जो उन्हें दुनिया से परे हो-होकर महसूस हुआ। अगर यह रात उनके भविष्य

की प्रतिकृति है तो वे इस बात की प्रशंसा कर रहे हैं कि वह एक ही समय में वैषयिक भी हैं और गुह्य भी, और उसकी मुखाकृति पर आँसू और धूप मिश्रित हैं। और उनके दुख-सुख भरे हृदय ने यह द्वैत सिद्धान्त समझना सीख लिया जो सुखी मृत्यु की ओर पथ-प्रदर्शन करता है।

अब बहुत देर हो चुकी है। आधी रात बीत गई। इस रात के मस्तक पर जो कि संसार के विश्राम और चिन्तन के समान है, एक मद्धिम उभार और तारों की हलचल ने आनेवाले प्रभात का सन्देश दिया। नक्षत्रों से तृप्त अम्बर से एक स्पन्दित किरण नीचे उतरी। पातरिस अपने साथियों को देखने लगा : कैथरीन मुँडेर पर बैठी थी, सिर पीछे को लटक रहा था; रोज़ आरामकुर्सी में सिमटी पड़ी थी, उसके हाथ गुला के ऊपर थे; क्लैयर दीवार के सहारे एकदम सीधी खड़ी थी, अँधेरे में अपने गोलाकार ललाट के सफेद बिन्दु के साथ। खुशी के पात्र युवा जन जो अपनी तरुणाई का विनिमय करते हैं और अपने राज सँभालकर रखते हैं। वह कैथरीन के निकट आया और वहाँ उसके सुडौल कन्धे और सूरज के ऊपर से आसमान की गोलाई निहारने लगा। रोज़ भी अब दीवार के पास आ गई और चारों अब दुनिया के सामने हैं। ऐसा प्रतीत हो रहा है जैसे रात की ओस अचानक और ठंडी होकर उनके मस्तक से उनके अकेलेपन के चिह्न धो रही हो और उन्हें अपने-आपसे मुक्त करके इस अस्थिर और क्षणिक दीक्षा के माध्यम से उन्हें दुनिया में पुनर्प्रतिष्ठित कर रही हो। इस समय जबकि तारे रात में से बिखरे पड़ रहे हैं, उनकी गतिविधियाँ आकाश के विशाल, मूक मुख पर सर्दी से जम गई हैं। पातरिस ने अपनी उमंग में असंख्य तारे समेटते हुए रात की तरफ एक बाँह उठाई, उसकी बाँह से हिला हुआ आसमान का समुद्र, पैरों में समूचा अल्जीयर्स, जैसे सबको समेटे हुए रत्नों, सीप और शंखों से जड़ा जगमगाता काला लबादा।

चार

सुबह, तड़के ही मरसो की गाड़ी अपनी बत्तियाँ मन्द किये हुए समुद्र-तट के रास्ते जा रही थी। अल्जैर से निकलते हुए उसने दूध की गाड़ियों को पीछे छोड़ा था और घोड़ों की गन्ध ने जो कि उनके गर्म पसीने और अस्तबल की थी, सुबह की ताजगी की तरफ उसे और ज्यादा सचेत कर दिया था। अभी अँधेरा ही था। एक आखिरी तारा आसमान में धीरे-धीरे लुप्त हुआ और अँधेरे में प्रकाशित रास्ते में उसे सिर्फ मोटरों के इंजन की आवाज सुनाई दी और कभी-कभी कुछ दूरी पर किसी घोड़े की दुलकी और दूध के डिब्बों से भरी झटके ले-लेकर चलती गाड़ी का कोलाहल। तभी दूर अँधेरे में उसे घोड़े के चमकते हुए चार टाप दिखाई दिए। फिर सब कुछ गति के शोर में विलीन हो गया। वह अब और तेज चल रहा था और रात तेजी से दिन में परिवर्तित हो रही थी।

अल्जैर की पहाड़ियों के बीच एकत्र हुए रात के अँधियारे से गाड़ी एकदम खुले रास्ते में निकली जहाँ से समुद्र दिखता था और जहाँ सवेरा फैल रहा था। मरसो ने गाड़ी सबसे तेज गति पर छोड़ दी। कुछ शोर

करते हुए, ओस से गीले रास्ते में पहिये तेज दौड़ने लगे। इतने मोड़ों में से प्रत्येक पर जोर से ब्रेक लगाने से पहिये चूँ-चूँ करते थे और सीधी सड़क पर तेज गति की गड़गड़ाहट में एक क्षण के लिए समुद्र की छोटी-छोटी आवाजें जो नीचे बालू-तट से उठ रही थीं, दब गईं। सिर्फ हवाई जहाज में इनसान को वह एकान्तवास प्राप्त होता है जो कार में मिलनेवाले एकान्तवास से ज्यादा उपयुक्त होता है। सब तरह से अपने-आप में मौजूद, ज्ञानपूर्वक अपने हाव-भावों की सुनियतता से परितुष्ट, मरसो एक ही समय अपने-आप में वापस जा सकता था और उसमें भी जिसमें वह व्यस्त था। रास्ते के इस छोर पर अब दिन बड़ी अच्छी तरह निकल आया था। सूरज भी चढ़कर अब समुद्र पर खूब चमक रहा था, पास के मैदानों पर भी जो अभी कुछ ही देर पहले सुनसान थे लेकिन अब लाल पंखवाले पक्षियों और कीड़ों से प्रफुल्लित हो उठे थे। अकस्मात कोई कृषक किसी खेत से गुजरता था और मरसो तेज गति से विवश, एक आदमी का बोरी उठाए हुए बोझ से भारी कदम चिकनी व गीली जमीन पर रखते हुए, सिर्फ रेखाचित्र ही ध्यान में रख पाता था। कार नियमित रूप से उसे बार-बार उन ढलानों पर ले आती थी जहाँ से समुद्र दिखता था। वे बड़े होते जाते थे और उनकी रूपरेखा जो अभी कुछ ही क्षण पहले धुँधली छाया में मुश्किल से दिखाई दे रही थी, अब दिन में तेजी से अपने हर विवरण में सुव्यक्त होती जा रही थी और मरसो देख सकता था—जैतून के असंख्य वृक्ष, देवदार के वृक्ष, सफेदी किये हुए छोटे-छोटे मकान जो ढलानों के किनारे अचानक दिखाई देने लगे थे। फिर एक और मोड़ ने गाड़ी को समुद्र की तरफ घुमा दिया जो कि ज्वार में उफन रहा था और मरसो की तरफ बढ़ रहा था जैसे लवण, उद्दीप्ति और नींद की एक भेंट हो। कार अब सड़क

पर सिसकारने लगी और वापस कुछ और ढलानों की तरफ चल पड़ी, समुद्र सदैव यथावत्।

एक महीने पहले मरसो ने 'दुनिया से ऊँचे मकान' से अपने जाने की घोषणा की थी। पहले वह कुछ यात्रा करेगा और फिर अल्जैर के आसपास बस जाएगा। कुछ सप्ताह बाद वह वापस आ गया, प्रत्ययित कि यात्रा अब उसके लिए एक असम्बद्ध जिन्दगी होने का मतलब रखती है : स्वदेश से अलग होना अब उसे सिर्फ एक बेचैन व्यक्ति का सुख लगता था। अपने अन्दर भी उसे एक अज्ञात थकान महसूस हो रही थी। उसे समुद्र और पर्वतों के बीच, शैनुआ के पास, तिपाजा के खँडहरों से कुछ किलोमीटर दूर एक छोटा-सा मकान खरीदने की अपनी इच्छा पूरी करने की जल्दी थी। अल्जैर पहुँचते ही उसने अपने जीवन को व्यवस्थित करना शुरू कर दिया था। उसने जर्मनी की औषधि-निर्माता फर्म में एक बड़ा हिस्सा खरीद लिया था और एक बाबू को, जिसे वह तनख्वाह देता था, अपने हिस्से की देख-रेख के लिए नियुक्त कर दिया था और इस तरह अल्जैर से अपनी अनुपस्थिति और उस स्वतंत्र जीवन का जो वह व्यतीत करता था, आधार बना लिया था। कारोबार में लगभग फायदा ही हो रहा था और सामयिक घाटे को वह बिना किसी पश्चात्ताप के, अपनी अगाध स्वतंत्रता के कारण मानकर सह लेता था। वास्तव में दुनिया के सामने एक ऐसी शक्ल प्रस्तुत करना काफी होता है जो वह समझ सके। बाकी सब काम आलस्य और बुजदिली पूरा कर लेते हैं। सुलभ विश्वास के कुछ शब्दों से स्वतंत्रता प्राप्त की जा सकती है। इसके बाद मरसो ने लुसिअन के हालात पर ध्यान दिया।

उसके माता-पिता नहीं थे, अकेली रहती थी, कोयलों की एक कम्पनी में सेक्रेटरी थी, फल खाकर जीती थी और शारीरिक प्रशिक्षण

ले रही थी। मरसो ने उसे कुछ किताबें पढ़ने को दीं। उसने वे उसे बिना कुछ कहे वापस कर दीं। उसके प्रश्नों के जवाब में उसने कहा : 'हाँ ये ठीक है' या फिर 'ये कुछ दुख की बात है।' जिस दिन मरसो ने अल्जैर से जाने का निश्चय किया, उसने उसके सामने यह प्रस्ताव रखा था कि वह उसके साथ रहे, बिना कोई नौकरी किये अल्जैर में अपना घर यथावत् रहने दे और जब मरसो को उसकी जरूरत हो वह उसके पास आ जाए। उसने यह बहुत विश्वास के साथ कहा था जिससे कि लुसिअन को इसमें कुछ भी अपमानजनक न लगे और वास्तव में उसमें कुछ अप्रतिष्ठाकारी था भी नहीं। लुसिअन बहुधा शरीर से वह बात समझ लेती थी जो उसका दिमाग नहीं समझ पाता था। उसने स्वीकार कर लिया। मरसो ने और कहा :

"अगर तुम्हारा मन हो तो मैं तुमसे शादी करने का वचन भी दे सकता हूँ। लेकिन मुझे ये जरूरी नहीं लगता।"

"जैसा तुम चाहोगे, वही होगा," लुसिअन ने कहा।

एक सप्ताह बाद मरसो ने उससे शादी कर ली और जाने की तैयारी करने लगा। लुसिअन ने इसी बीच नीले सागर में नौका-विहार के लिए एक नारंगी रंग की छोटी नाव खरीदी।

मरसो ने अचानक गाड़ी सँभालकर सुबह-सुबह बाहर आई हुई मुर्गी को बचाया। वह कैथरीन से हुई अपनी बातों के बारे में सोच रहा था : अपने जाने के दिन से एक शाम पहले वह 'दुनिया से ऊँचा मकान' छोड़कर एक होटल में चला गया था—एक रात एकान्त में बिताने के लिए।

यह दोपहर की शुरुआत थी और चूँकि सारी सुबह बारिश होती रही थी, पूरी खाड़ी एक धुले काँच-जैसी लग रही थी और आकाश

एक साफ चादर-जैसा। एकदम सामने वह अन्तरीप जो खाड़ी के मोड़ को खत्म करता था एक अद्‌भुत शुद्धता में चमक रहा था और सूरज की एक किरण से सजा हुआ समुद्र की सतह पर यों पड़ा था जैसे ग्रीष्म ऋतु का कोई विस्तीर्ण साँप समुद्र में आराम कर रहा हो। पातरिस अपना सूटकेस बन्द कर चुका था और अब अपने हाथ खिड़की की चौखट पर रखे बड़ी लालसा से दुनिया का यह नया जन्म देखने लगा।

"मेरी समझ में नहीं आ रहा, तुम क्यों यहाँ से जा रहे हो, जब तुम यहाँ खुश हो?" कैथरीन ने उससे कहा था।

"यहाँ मुझे किसी के द्वारा प्यार किये जाने का डर है, मेरी प्यारी कैथरीन, और वह मुझे खुश होने से वंचित रखेगा।"

कैथरीन दीवान पर लेटी, सिर झुकाए हुए, पातरिस को अपनी खूबसूरत नजरों से देख रही थी। पातरिस ने बिना मुड़े कहा :

"बहुत-से आदमी अपने जीवन को उलझा लेते हैं और अपने-आप नई मुसीबतें खड़ी करते हैं। मेरे साथ सब कुछ बड़ा सरल है, देखो..."

वह दुनिया की तरफ मुँह करके बोल रहा था और कैथरीन को लगा, उसने उसे भुला दिया है। वह देख रही थी चौखट पकड़े हुए पातरिस के हाथ की लम्बी उँगलियों को, एक ही तरफ सारा वजन डालकर उसके खड़े होने के तरीके को, भटकी हुई उसकी निगाह को जो उसने बिना पातरिस की तरफ देखे भाँप ली थी।

"जो मैं चाहती हूँ..." उसने कहा लेकिन वह चुप हो गई और पातरिस की तरफ देखा।

समुद्र के शान्त होने का फायदा उठाकर बहुत-सी छोटी-छोटी पाल-नौकाएँ उस पर दिखाई पड़ने लगीं। वे संकीर्ण जलमार्ग के समीप

आती थीं, उसे फड़फड़ाते पालों से भर देती थीं और अचानक अपनी दिशा खुले समुद्र की तरफ मोड़ लेती थीं, अपने पीछे हवा और पानी की तीक्ष्ण जल-रेखा छोड़ते हुए जो झागवाले लम्बे पुछल्लों में फैल जाती थी। कैथरीन अपनी जगह से, पातरिस के चारों तरफ ऐसे ऊपर उठते हुए जैसे सफेद चिड़ियों के समूह की उड़ान हो, उन्हें समुद्र में अग्रसर होते देख रही थी। मरसो कैथरीन की चुप्पी और नजर समझता-सा प्रतीत हुआ। फिर वह मुड़ा और कैथरीन के दोनों हाथ पकड़कर उसे अपनी ओर खींच लिया।

"कभी विरक्त नहीं होना चाहिए, कैथरीन! तुम्हारे अन्दर तो इतनी प्रतिभा है और सबसे बड़ी बात है तुम्हारी खुशी की चेतना। सिर्फ एक पुरुष के जीवन का सहारा मत ढूँढ़ो। यही भूल तो इतनी स्त्रियाँ करती हैं। अपने जीवन की खुशी अपने अन्दर ढूँढ़ो।"

"मुझे कोई गिला नहीं है, मरसो," कैथरीन ने पातरिस का कन्धा पकड़ते हुए धीरे-धीरे कहा, "इस समय सिर्फ एक बात जरूरी है। अपना ध्यान रखना।"

अब उसने अनुभव किया, उसका निश्चय कितनी छोटी-छोटी बातों पर निर्भर करता था। उसका हृदय बड़े अस्वाभाविक तरीके से शुष्क था। "इस समय तुम्हें ऐसा नहीं कहना चाहिए था।"

उसने अपना सूटकेस उठाया और पहले सीधी सीढ़ियाँ उतरा और फिर वह लम्बा पथ—जैतून के वृक्षों से वृक्षों तक। अब उसका सिर्फ एक ही ध्येय था, शैनुआ पहुँचना, खँडहरों और चिरायतों का एक वन, आशा या निराशा-रहित एक प्यार तथा तिक्त और फूलों की जिन्दगी की स्मृति। उसने मुड़कर देखा। वहाँ ऊपर से कैथरीन उसे जाते हुए देख रही थी, स्पन्दनहीन।

दो घंटे से कुछ ही कम समय बाद मरसो को शैनुआ दिखने लगा था। इस समय रात्रि का बैंजनी, आखिरी मन्द प्रकाश ढलानों पर जो कि समुद्र में मिल जाते थे, कुछ और देर ठहरा हुआ था जबकि उनकी चोटियाँ लाल और पीली रोशनी में चमक रही थीं। यहाँ पर धरती का एक तरह का ओजस्वी तथा सर्वव्यापी उल्लास था जो साहेल की ढलानों पर उत्पन्न हुआ था और अपनी असाधारण ऊँचाई से समुद्र में समाते क्षितिज के गठीले जानवर की विशाल पीठ पर समाप्त होता था। वह मकान जो मरसो ने खरीदा था, गर्मी से सुनहरी हुए समुद्र से लगभग सौ मीटर दूर, आखिरी ढलानों पर खड़ा था, उसमें निचले तल्ले के ऊपर सिर्फ एक मंजिल थी जिसमें सोने का एक कमरा था, साथ में छोटे कमरे वगैरह। लेकिन यह कमरा बहुत बड़ा था और सामने के बगीचे में खुलता था। उसकी छत पर निकली हुई बरोठेदार खिड़की में से समुद्र का भव्य दृश्य दिखता था। मरसो वहाँ तेजी से पहुँचा। समुद्र में धुन्ध आनी शुरू हो गई थी। और उसका नीलापन और गहरा दिखने लगा था। छत पर गर्मी में तपती टाइलों की लाली और अधिक चमकने लगी थी। सफेदी की हुई छत की मुँडेर पर खूबसूरत गुलाब की बेल के पहले फूल अभी से खिलने लगे थे। वे गुलाब सफेद थे और उनमें से जो खिले थे, समुद्र में बिखर गए थे, उनकी पंखुड़ियों के अचल गठन में एक ही समय में प्रचुरता भी थी और परितृप्तता भी। नीचेवाले कमरों में से एक शैनुआ की शुरू-शुरू की ढलानों पर खुलता था बाकी दो में से एक फलों के पेड़ों से भरे बगीचे में और दूसरा समुद्र पर। बगीचे में दो देवदार आसमान तक अपनी अनन्त ऊँचाई लिये खड़े थे, सिर्फ उनके तने की चोटी कुछ पीली तथा हरी छाल से ढकी हुई थी। मकान से सिर्फ इन दोनों पेड़ों के बीच का अन्तरिक्ष दिखता था और उनके तनों

के बीच समुद्र की गोलाई। कम-से-कम इस समय एक छोटा स्टीमर खुले सागर में जा रहा था, मरसो ने उसकी पूरी यात्रा को देखा—एक देवदार से शुरू करके दूसरे देवदार तक।

यहाँ अब वह जिन्दगी बसर करने जा रहा था। निस्सन्देह इस जगह की रमणीयता ने उसके हृदय को छू लिया था। इस सुन्दरता के लिए ही तो उसने यह मकान खरीदा था। लेकिन जो शान्तचित्तता उसने यहाँ पाने की उम्मीद की थी; वह अब उसे भयावह लगने लगी थी और यह एकान्त जो उसने इतने मनोयोग से ढूँढ़ा था, उसे बहुत अशान्त कर रहा था क्योंकि इसकी संरचना को वह अब समझ पाया था। गाँव दूर नहीं था, कुछेक-सौ मीटर होगा। वह बाहर निकल गया। एक छोटी-सी पगडंडी रास्ते से समुद्र की तरफ उतरती थी। उस पर पहुँचते ही उसने पहली बार देखा कि वहाँ से समुद्र के दूसरे किनारे पर तिपासा का पतला-सा कोना नजर आता है। इस बिन्दु से परे अन्त में मन्दिर के सुनहरे स्तम्भ दिख रहे थे और उनके चारों ओर कृमिद्रुमों के बीच गिरे हुए खँडहर, जिन्होंने यहाँ से जरा हटकर एक भूरी-दुधई-सी पश्म बना रखी थी। जून की शामों में मरसो ने सोचा, समुद्र के उस पार से धूप-भरे चिरायतों की महक पवन के साथ शैनुआ की तरफ आएगी।

उसके लिए अपना घर जमाना व बाकी व्यवस्था करनी जरूरी थी। शुरू के कुछ दिन तेजी से निकल गए। उसने दीवारों पर सफेदी की, टेपेस्ट्री अल्जैर से खरीदी, बिजली के तार वगैरह लगाने शुरू किये। और इस काम में जिसमें सिर्फ गाँव के होटल में खाना खाने और सागर में नहाने के वक्त ही बाधा पड़ती थी, वह भूल गया कि यहाँ किसलिए आया था और अपने बदन की थकान में खो गया, पस्त हुई जाँघों और अकड़ी हुई टाँगों के बीच उसे पेंट कम पड़ जाने की फिकर रहती या

गैलरी में ठीक से न लगे बिजली के स्विच की। वह होटल में सोता था और धीरे-धीरे गाँव से जान-पहचान कर रहा था : युवा लड़के जो रविवार की दोपहर को रूसी बिलियर्ड और पिंगपौंग खेलने आते थे (वे पूरी दोपहर सिर्फ एक पेय के दम पर, खेलते रहते थे, इससे होटल का मालिक बड़ा नाराज था); लड़कियाँ जो शाम को उस रास्ते में घूमने आती थीं जहाँ से समुद्र दिखता था (वह हाथ पकड़कर चलती थीं और उनके आखिरी शब्द गाये हुए-से लगते थे); पैरैज नामक मछुआरा जो होटल में मछलियाँ देता था लेकिन जिसका एक ही हाथ था। यहीं पर उसकी मुलाकात गाँव के डॉक्टर बर्नार्ड से हुई। लेकिन उस दिन जब घर में सब काम पूरा हो गया, मरसो अपना पूरा सामान वहाँ ले आया और फिर से अपने-आपको सँभालने में लग गया। शाम हो चली थी। वह ऊपर कमरे में था और खिड़की के पीछे दो दुनियाएँ दो देवदारों के बीच के अन्तरिक्ष के लिए झगड़ रही थीं। एक में जो करीब-करीब पारदर्शी थी, तारे बिना गणना के बढ़ते जा रहे थे। दूसरी में जो ज्यादा धनी और ज्यादा काली थी, जल के एक रहस्यमय स्पन्दन से समुद्र का भ्रम हो रहा था।

अब तक उसने प्रयोजनीय जिन्दगी बिताई थी : मजदूरों से मिलना, उनकी मदद करना या कैफेटेरिया के मालिक से बातें करना। लेकिन आज शाम उसे यह प्रत्यक्ष हुआ कि उससे मिलने के लिए कोई नहीं था—न कल, न फिर कभी और वह उस अकेलेपन के एकदम सामने था जो उसने इतना चाहा था। उस क्षण से, जब उसे किसी से नहीं मिलना था, अगला दिन बहुत ही करीब लगा। उसने अपने-आपको विश्वास दिलाने की कोशिश की कि यही तो उसने चाहा था : खुद अपने समक्ष, बहुत दिनों तक, अन्त तक। उसने निश्चय किया कि वह रात को देर तक

धूम्रपान करता रहेगा, सोचता-विचारता रहेगा लेकिन करीब दस बजे उसे नींद आने लगी और वह सो गया। अगले दिन वह बहुत देर से उठा, लगभग दस बजे अपना नाश्ता तैयार किया और मुँह-हाथ धोने से पहले खा लिया। उसने कुछ थकान महसूस की। उसने दाढ़ी भी नहीं बनाई थी और बाल उलझे हुए थे। फिर भी नाश्ता करने के बाद, गुसलखाने में जाने के बजाय वह ऐसे ही चक्कर लगाता रहा : एक कमरे से दूसरे कमरे में, किसी पत्रिका के सफे पलटता रहा, आखिर में बिजली का एक स्विच दीवार से निकला पाकर बड़ा खुश हुआ और काम में लग गया। किसी ने दरवाजा खटखटाया। वह होटल में काम करनेवाला छोटा लड़का था जो पिछली शाम तय होने के मुताबिक उसके लिए खाना लाया था। वह जैसा भी था और कुछ आलस-भरा मेज पर बैठा, बिना भूख के खाना खाया ताकि ठंडा न हो जाए और नीचेवाले कमरे के दीवान पर लेटकर सिगरेट पीने लगा। जब वह सोकर उठा, नींद आ जाने के कारण अपने-आप पर क्रुद्ध, तो चार बजे थे। अब उसने स्नान किया, ध्यान से दाढ़ी बनाई, फिर कपड़े पहने और दो चिट्ठियाँ लिखीं। एक लुसिअन को; दूसरी उन तीन विद्यार्थियों के लिए। अब समय बहुत निकल गया था, रात हो चली थी। जैसे-तैसे चिट्ठी डालने वह गाँव तक गया और बिना किसी से मिले वापस आ गया। अपने कमरे में जाकर बाहर टैरेस पर आ गया। समुद्र-तट पर और खँडहरों में सागर और रात्रि बातचीत कर रहे थे। वह चिन्तित था। दिन बेकार चले जाने की स्मृति से बहुत दुख हो रहा था। कम-से-कम शाम को वह काम करना चाह रहा था, कुछ भी करना, पढ़ना या रात में परिभ्रमण के लिए बाहर निकलना। बगीचे के फाटक चरमराने की आवाज आई। उसका शाम का खाना आ गया था। उसे भूख लगी थी, उसने तबीयत से खाना खाया और अब उसका

बाहर जाने को मन नहीं कर रहा था। उसने बिस्तर में लेटकर पढ़ने का निश्चय किया। लेकिन शुरू के ही सफों पर देर तक उसकी आँखें मुंद गईं और अगले दिन वह देर से उठा।

अगले दिनों में मरसो ने इस हस्तक्षेप को रोकने की कोशिश की। फाटक की चरमराहट और अनगिनत सिगरेटों से पूरी तरह भरे हुए दिन जैसे-जैसे गुजरते गए, उस इच्छा की जो उसे इस जिन्दगी में लाई थी और यथार्थ में इस जिन्दगी की अनुपातहीनता को देखकर उसका हृदय अपार दुख से भर गया। एक शाम उसने लुसिअन को आने के लिए लिखा : इस तरह इस अकेलेपन से सम्बन्ध तोड़ने के लिए जिसका उसने इतना इन्तजार किया था। जब पत्र चला गया तो वह एक अप्रकट शर्म से ग्रस्त हो गया। लेकिन जब लुसिअन पहुँची तो यह शर्म एक तरह के आकुल और आकस्मिक उल्लास में पिघल गई जिसने कि एक परिचित और सरल जान जो कि लुसिअन सचमुच में थी, से मिलने पर उसे भावाभिभूत कर दिया। मरसो उसका ध्यान रखने लगा, छोटी-छोटी बातों की फिकर करने लगा और लुसिअन उसे कुछ आश्चर्य से देखती रहती लेकिन हमेशा अपने सफेद लिनेन की अच्छी तरह इस्तिरी की हुई ड्रेस में लवलीन।

अब वह बाहर घूमने निकलता है लेकिन लुसिअन के साथ। दुनिया के साथ उसे अपनी सहभागिता वापस मिल गई लेकिन लुसिअन के कन्धे पर हाथ रखकर। एक इनसान में इस तरह शरण लेकर उसने अन्दर बैठे डर से अपने-आपको बचाया। किन्तु दो दिन के बाद ही वह लुसिअन से उकता गया। लुसिअन ने मरसो से उसके साथ रहने के लिए बात करने का यही मौका चुना। वे दोनों खाना खा रहे थे और मरसो बिना अपनी प्लेट से आँखें उठाए साफ मना कर चुका था।

कुछ देर चुप बैठकर लुसिअन ने एकदम तटस्थ स्वर में कहा था :

"तुम मुझे प्यार नहीं करते।"

मरसो ने सिर उठाया। लुसिअन की आँखों में आँसू भरे थे। मरसो ने नम्र होकर कहा :

"लेकिन मैंने कभी कहा नहीं कि मैं तुमसे प्यार करता हूँ।"

"यह सच है," लुसिअन ने कहा, "और इसीलिए तो।"

मरसो उठा और खिड़की की तरफ चला गया। दोनों देवदारों के बीच रात में तारों के झुंड उमड़े जा रहे थे और पातरिस के दिल में, पिछले गुजरे हुए कुछ दिनों के लिए, इतने दुख के साथ एक ही समय में इतनी नफरत शायद ही कभी हुई होगी जितनी वह इस समय अनुभव कर रहा था।

"तुम बहुत सुन्दर हो, लुसिअन!" उसने कहा, "मैं इससे ज्यादा और कुछ नहीं कह सकता। इससे ज्यादा मैं तुमसे और कुछ नहीं चाहता। हम दोनों के लिए इतना काफी है।"

"मुझे मालूम है," लुसिअन ने कहा। वह पातरिस की तरफ पीठ करके बैठी हुई थी और अपने हाथ में पकड़ी हुई छुरी की नोक से मेजपोश का किनारा कुरेद रही थी। वह उसके पास गया और उसकी गर्दन को पीछे से सहलाने लगा।

"मेरा विश्वास करो, दुनिया में कोई बहुत गहरा दर्द नहीं होता, गहन पश्चात्ताप नहीं होते, बड़ी स्मृतियाँ नहीं होतीं। सब कुछ भुला दिया जाता है, गहरा प्यार भी। यही तो जिन्दगी के बारे में दुख की बात है और साथ-साथ खुशी की भी। यह तो वास्तविकता को देखने का सिर्फ एक तरीका है और वह जरूरत समय-समय पर हमें पड़ती

रहती है। इसी वजह से अपनी जिन्दगी में कोई गहरा प्यार या बदनसीब उत्कंठा होनी चाहिए। वे कम-से-कम उन गहन मायूसियों के लिए बहाना तो बन सकते हैं जिनसे हम अकारण ही अपने-आपको सताया हुआ समझते हैं।"

कुछ देर के बाद मरसो सोचकर फिर बोला, "मैं नहीं जानता तुम मुझे समझी हो या नहीं।"

"मेरा खयाल है, मैं समझ गई हूँ," लुसिअन बोली। फिर उसने तेजी से अपना सिर उसकी तरफ घुमाकर कहा, "तुम खुश नहीं हो।"

"मैं खुश होऊँगा," मरसो ने उद्दंडता से कहा, "यह जरूरी है कि मैं खुश होऊँ : इस रात में, समुद्र के किनारे और इस चेहरे के साथ जो मेरे हाथों में है!"

वह अब खिड़की के पास वापस आ गया था और उसने अपने हाथ से लुसिअन की गर्दन को कुछ दबाया। वह चुप रही।

"कम-से-कम," उसने बिना मरसो की तरफ देखे कहा, "तुम्हें मुझसे कुछ सौहार्द तो है।"

पातरिस उसके पास घुटनों के बल बैठ गया, उसके कन्धों को चूमता हुआ, "सौहार्द जरूर है, जैसे कि मुझे रात के लिए भी सौहार्द है। तुम मेरी आँखों का सुख हो और तुम नहीं जानतीं इस सुख की मेरे हृदय में क्या जगह है।"

वह अगले दिन चली गई। उसके एक दिन बाद मरसो, अपने-आपको स्वीकार करने में असफल, कार से अल्जैर पहुँचा। सबसे पहले वह 'दुनिया से ऊँचे मकान' पर पहुँचा। उसके दोस्तों ने इसी महीने के अन्त तक उससे मिलने आने का वायदा किया। अब उसका अपनी पुरानी बस्ती देखने का मन हुआ।

उसका घर एक कैफेवाले को किराये पर दिया हुआ था। उसने पीपे बनानेवाले के बारे में पूछताछ की लेकिन कोई भी उसकी कोई खबर न दे सका। वे समझते थे वह काम की तलाश में पेरिस चला गया है। मरसो वहाँ घूमने लगा। रेस्टोरेंट में, सैलेस्त बुड्ढा हो गया था—थोड़ा-सा। रनै अब भी वहीं था, अपनी तपेदिक के साथ और उसी गम्भीर मुद्रा में। उससे मिलकर सब खुश थे और पातरिस इस मर्मस्पर्शी मिलन से बड़ा प्रभावित हुआ।

"ओ मरसो," उससे सैलेस्त ने कहा, "तुम नहीं बदले। बिलकुल वैसे ही हो।"

"हाँ," मरसो ने कहा।

वह उस उत्सुक अन्धेपन की प्रशंसा करता था जिससे कि लोग अच्छी तरह यह जानते हुए भी कि उनमें क्या बदला है, अपने दोस्तों पर वही प्रतिरूप लादते हैं जो वे उनके बारे में जिन्दगी में एक बार बना लेते हैं। उसे वे लोग वही कूत रहे थे, जो वह उससे पहले था। जैसे एक कुत्ते का स्वरूप नहीं बदलता, इनसान भी इनसान के लिए कुत्ते होते हैं। और ठीक उसी मात्रा में जिसमें कि सैलेस्त, रनै और बाकी लोग उसे अच्छी तरह जानते थे। अब वह उनके लिए उतना ही अपरिचित और दूरस्थ हो गया था जितना कि एक अवासित ग्रह। फिर भी उसने उनसे सौहार्दपूर्ण विदा ली और रेस्टोरेंट से बाहर आते समय उसे मार्थ मिली। उसे सामने देखकर मरसो ने अनुभव किया कि वह उसे भूल ही गया था और साथ में उससे मिलने की उम्मीद भी कर रहा था। उसकी शक्ल अब भी वही थी, एक चित्रित देवी-जैसी। वह उसे कुछ चाहता तो था लेकिन पूरे विश्वास से नहीं। वे दोनों साथ-साथ चलने लगे।

"ओह पातरिस," उसने कहा, "मुझे कितनी खुशी है तुमसे मिलकर। क्या कर रहे हो आजकल तुम?"

"कुछ नहीं, तुम्हारे सामने हूँ! मैं देहात में रहने लगा हूँ।"

"यह तो बहुत बढ़िया बात है। मैंने हमेशा इसी का सपना देखा है।"

और फिर कुछ क्षण चुप रहकर, "तुम्हें मालूम है," उसने कहा, "मैं तुमसे नाराज नहीं हूँ।"

"हाँ," मरसो ने हँसते हुए कहा, "तुमने सब्र कर लिया।"

अब मार्थ ने एक ऐसे लहजे में बात की जिसे मरसो बिलकुल नहीं समझ पाया : "खफा मत होना, समझे तुम? मैं तो जानती थी कि एक दिन इसका यही अन्त होगा। तुम एक अजीब आदमी थे। और मैं, जैसा कि तुम कहा करते थे, सिर्फ एक नादान लड़की। जब यह हुआ था, बेशक, मैं बहुत नाराज थी, तुम जानते हो। लेकिन फिर आखिर में मैंने अपने-आपको समझाया कि तुम दुखी थे। और यह बड़ी विचित्र बात है। मैं ठीक से बता भी नहीं पा रही, लेकिन यह पहला मौका था कि जो कुछ हम दोनों के बीच हुआ, उससे मुझे दुख भी हुआ, और साथ-साथ सुख भी।"

आश्चर्यचकित, मरसो ने उसे देखा। अचानक उसके ध्यान आया कि मार्थ उसके साथ हमेशा बहुत ही अच्छी तरह पेश आई थी। उसने मरसो को, वह जैसा भी था, स्वीकार किया था और बहुत बार उसके अकेलेपन को दूर किया था। उसने ज्यादती की थी। जहाँ उसकी कल्पना और अभिमान ने मार्थ को बहुत ऊँचा स्थान दिया था, उसके घमंड ने बहुत ही कम दिया। उसने यह अनुभव किया कि हम किस निर्मम विरोधाभास से, उन लोगों के सम्बन्ध में जिन्हें हम प्यार करते हैं, दो बार धोखा खाते हैं। पहले उनके फायदे के लिए, फिर उनके नुकसान के

लिए। आज वह यह समझ पाया कि मार्थ उसके साथ कितनी निष्कपट व सच्ची रही है—वह वही रही जो वास्तव में थी और इसके लिए वह उसका बहुत कृतज्ञ था। हल्की-सी बारिश हो चुकी थी, मुश्किल से इतनी कि पानी में रास्ते की बत्तियाँ बहुत-सी किरणों में विकीर्ण हो गई थीं। बारिश की चमकती बूँदों के बीच से उसने मार्थ का अकस्मात गम्भीर हुआ चेहरा देखा और वह उसके प्रति एक उमड़ती कृतज्ञता से भर गया जिसे कि वह व्यक्त नहीं कर पा रहा था और जिसे और किसी मौके पर वह एक तरह से प्यार ही समझ लेता। वह सिर्फ यह शब्द ढूँढ़ पाया : "तुम जानती हो," उसने कहा, "मुझे तुमसे बहुत प्यार है। और अब भी अगर मैं कुछ कर सकूँ..."

वह उसकी तरफ मुस्कराई, "नहीं," उसने मरसो से कहा, "मैं जवान हूँ। अपने-आपको वंचित नहीं रखती। तुम समझ सकते हो।"

उसने सहमति दी। उन लोगों के बीच कितना फासला था और साथ-साथ कितना गहरा, अप्रकट सहचारिता! वह मार्थ को उसके घर के बाहर तक छोड़ने गया। मार्थ ने अपनी छतरी खोल ली थी। उसने कहा, "मुझे उम्मीद है कि हम फिर मिलेंगे।"

"हाँ," मरसो ने कहा। मार्थ के चेहरे पर एक हल्की-सी उदास मुस्कान थी। "ओह," मरसो ने कहा, "तुम्हारा ये नादान चेहरा!"

वह अब दरवाजे के अन्दर चली गई थी और उसने अपनी छतरी बन्द कर ली थी। पातरिस ने उसकी तरफ बाँह बढ़ाई और मुस्कराया, "अलविदा, प्रतिमा!" मार्थ ने उसे जल्दी से बाँहों में भर लिया, दोनों गालों पर प्यार किया और तेजी से सीढ़ियाँ चढ़ गई। मरसो बारिश में खड़ा रहा, अपने गालों पर वह अब भी मार्थ की ठंडी नाक व गर्म होंठ महसूस कर रहा था। और इस आकस्मिक और निष्काम चुम्बन में वह

सारी निर्मलता थी जो वियना में एक चित्तीदार शक्लवाली पण्यांगना के दिए गए चुम्बन में थी।

फिर वह लुसिअन को ढूँढ़ने चला गया, उसके यहाँ सोया और अगले दिन उससे बुलवार्द पर साथ घूमने के लिए कहा। जब वे दोनों नीचे उतरे, बारह बजनेवाले थे। नारंगी नौकाएँ धूप में ऐसे सूख रही थीं जैसे चार फाँकों में कटे हुए फल। कबूतरों का एक दुहरा झुंड, एक उनकी छाया का और दूसरा कबूतरों का, गोदी की तरफ उतरा और तभी एक गोल कतार में धीरे-धीरे वापस ऊपर उड़ गया। चमकता हुआ सूरज सुहावनी गरमाई दे रहा था। मरसो गौर से देखता रहा, लाल और काला स्टीमर धीरे-धीरे सँकरे चैनल से निकला, गति पकड़ी और पूरी तरह उस विद्युत्रेखा की ओर बढ़ चला जो आकाश और धरती के संगम पर लहरा रही थी। किसी भी देखनेवाले के लिए हर प्रस्थान में एक दर्द-भरी मिठास होती है। "ये लोग खुशनसीब हैं," लुसिअन ने कहा। "हाँ," पातरिस ने जवाब दिया। वह सोच रहा था, 'नहीं'—या कि कम-से-कम उसे इस खुशनसीबी से कोई स्पृहा नहीं थी। उसके लिए भी नई शुरुआतें, रवानगी, नई जिन्दगी अपना आकर्षण रखती थी। लेकिन वह जानता था कि इन चीजों में सुख सिर्फ आलसी और निर्बल लोगों को ही मिलता है। उसके लिए सुख का अभिप्राय था एक चयन और इस चयन के अन्तरंग में संयत और स्पष्ट एक भावना। अब उसे जागरियस का तात्पर्य समझ में आया : "संन्यास की भावना से नहीं बल्कि सुख की भावना से।" उसकी बाँह लुसिअन को समेटे हुए थी और उसने अपना हाथ उस रमणी के गर्म और सुनम्य स्तन पर रखा हुआ था।

उसी शाम उस गाड़ी में बैठे हुए जो उसे शैनुआ वापस लाई, उमड़ती लहरों और सामने नजदीक आते हुए पर्वतों की ढलानों के पास

से गुजरते समय उसने अपने अन्दर एक विशाल शान्ति अनुभव की। कुछ नई शुरुआतों की अनुकृति करके, अपनी गुजरी हुई जिन्दगी के सिंहावलोकन के बाद उसने अपने-आपमें यह निश्चय किया था कि वह क्या बनना चाहता है और क्या नहीं। वे मिथ्या सुख के दिन अब उसे लज्जित कर रहे थे, उसने उन्हें अनिष्टकारी लेकिन आवश्यक ठहराया। वह उनके अँधेरे में गिर सकता था और इस तरह अपना अकेला औचित्य खो सकता था।

मरसो, मोड़ों के बीच, इस आत्मसम्मान को कम करनेवाले और अगोचर सत्य को वेध रहा था कि वह अप्रतिम सुख जिसकी उसे तलाश थी, सुबह जल्दी उठने में, नियम से रोज नहाने में और एक सज्ञात स्वस्थता में सहज उपलब्ध था। अपने संवेग से पूरा फायदा उठाने के लिए कृतसंकल्प वह बहुत तेज चलने लगा, एक ऐसी जीवन-शैली स्थापित करने के लिए जिसमें कि बाद में, उसकी श्वास से काल और जिन्दगी की गूढ़ गति का सामंजस्य करने में और प्रयासों की जरूरत न पड़े।

अगले दिन सवेरे वह जल्दी उठा और समुद्र की तरफ उतर गया। दिन अपने तेज प्रकाश में खूब चमक रहा था और वह सुबह पंखों की फड़फड़ाहट और पक्षियों के कोलाहल से भरी हुई थी। लेकिन सूर्य सिर्फ क्षितिज की परिधि को ही स्पर्श कर पाया था। और जब मरसो अभी तक दीप्तिहीन पानी में गया तो उसे लगा कि वह एक अनिर्धार्य रात्रि में तैर रहा है। तब तक, जब तक कि सूरज न निकल आया और उसने अपने हाथ बर्फ की तरह ठंडे व सुनहरे लाल पानी में और गहरे न डाल दिए। अब वह वापस निकला और अपने घर लौट गया। उसे अपना शरीर सजग और सब कुछ ग्रहण करने के लिए तैयार लगा।

इसके बाद आनेवाले सवेरों में वह सूरज निकलने से कुछ पहले नीचे जाने लगा और उसका पहला काम पूरे दिन की प्रवृत्ति निर्धारित कर देता था। अपितु ये स्नान अब उसे बहुत थकाने लगे। लेकिन साथ में, उस कमजोरी और शक्ति के जोर पर जो उसे उनसे एक साथ मिलती थी, उसके पूरे दिन को एक तरह का मनमौजीपन और सुखकर शैथिल्य मिल जाता था। पर उसे अपने दिन और भी लम्बे लगने लगे थे। उसने अभी तक अपना समय उन आदतों के ढाँचे से अलग नहीं किया था जो उसका पथ-प्रदर्शन करती थीं। अपने बढ़े हुए समय में उसके पास कुछ भी करने को नहीं था। प्रत्येक क्षण अपनी अलौकिक उपयोगिता प्राप्त कर रहा था लेकिन वह अभी तक उसकी इस विशेषता को नहीं पहचान पाया था। जैसे कि सफर में दिन अनन्त लगते हैं जबकि दफ्तर में, उसके विपरीत, सोमवार से सोमवार तक की यात्रा प्रकाश की एक कौंध में हो जाती है, उसी तरह अपने आधारों से वंचित वह उन्हें उस जिन्दगी में ढूँढ़ने की कोशिश करता रहा जिसे सिवाय अपने स्वयं के और कुछ पता नहीं था। कभी-कभी वह एक घड़ी लेकर उसकी सूइयों को एक संख्या से दूसरी तक जाते देखता रहता था और विस्मित होता था कि पाँच मिनट उसे कभी खत्म न होनेवाले लग रहे हैं। निस्सन्देह इस घड़ी ने उसके लिए दुखभरी और कष्टदायक वह राह खोल दी, जो कुछ भी न करने की सर्वोत्कृष्ट कला की ओर ले जाती है, उसने घूमने जाना सीखा। कभी-कभी दोपहर में वह समुद्र के किनारे-किनारे चलता-चलता दूसरे छोर के खँडहरों तक पहुँच जाता था। तब वह कृमिद्रुमों में सो जाता था और किसी पत्थर की गरमाई पर रखे हुए उसके हाथ से उसका हृदय और आँखें ताप-भरे आसमान की असह्य भव्यता की तरफ खुल जाते थे। वह अपने रक्त की धड़कन का समन्वय

दिन के दो बजे के प्रचंड सूर्य-ताप से करता था और जंगल की तीव्र सुगन्धियों और सुषुप्त कृमियों के समवेत स्वरों में डूबे हुए आसमान का सफेद से उज्ज्वल नीले रंग में बदलना, शीघ्र ही अपने-आप में तेज हवा का संचार करना और अपनी मधुरता और कोमलता को अब भी गरम खँडहरों पर उड़ेलना देखता रहता था। फिर वह जरा जल्दी लौट आता था और सो जाता था।

इस एक सूर्य से दूसरे सूर्य तक के चक्र में उसके दिन एक ताल में क्रमबद्ध हो गए थे जिनकी मन्दगति और विलक्षणता उसके लिए उतनी ही जरूरी हो गई जितनी कि पहले उसका दफ्तर, रेस्टोरेंट और नींद थे। दोनों ही अवस्थाओं में वह कुछ अचेत था। अब कम-से-कम स्पष्टता के क्षणों में उसे यह बोध था कि वह खुद अपने समय का हकदार है और उस सूक्ष्म समय का जो कि लाल समुद्र से चलकर हरे समुद्र तक जाता है, हरेक पल उसके लिए सनातन महत्त्व रखता था। उसे हर रोज के दिनों के वृत्त से बाहर न तो अलौकिक सुख दिखा और न ही सनातनता दिखाई दी। सुख मानुषिक था और सनातनता दैनिक। महत्त्वपूर्ण था यह जानना कि अपने हृदय को दैनिक जीवन की गति में अनुवृत्त कैसे करते हैं, अनुबद्ध कैसे करते हैं बनिस्बत इसके कि जीवन की गति को मानवीय आकांक्षाओं के वृत्त में लीन कर दिया जाए।

जैसे यह जानना आवश्यक है कि कला में कब रुक जाना चाहिए, कि एक मौका हमेशा आता है जब एक प्रतिमा को बिलकुल और नहीं छूना चाहिए और इस सम्बन्ध में 'अज्ञानता' की इच्छा किसी भी कलाकार के लिए असाधारण ज्ञान के समूचे साधनों से कहीं ज्यादा उपयोगी होती है, उसी तरह एक न्यूनतम अनभिज्ञता चाहिए होती है

किसी जिन्दगी को सुख में पारंगत करने के लिए। उन्हें जिनके पास यह नहीं है, इसे प्राप्त करना चाहिए।

रविवार को, सामान्यतया, मरसो पेरैज के साथ बिलियर्ड खेलता था। वह बूढ़ा मछुआरा एक हाथ से लूला था। उसकी विकृत बाँह कुहनी से ऊपर कटी हुई थी। इसलिए वह एक अजीब तरीके से खेलता था—कुछ टेढ़ा-मेढ़ा शरीर, वह अपने हाथ के ठूँठ को क्यू[1] पर टिकाता था। मरसो हमेशा उस वृद्ध मछुआरे की दक्षता की प्रशंसा करता था जो सुबह मछली पकड़ने जाता था और बाईं पतवार अपनी बगल में दबा लेता था, फिर नाव में खड़ा होकर, धड़ को बीच में करके, एक पतवार अपने सीने से चलाता था और दूसरी अपने हाथ से। दोनों का बड़ा अच्छा मेल रहता था। पेरैज बड़े तीखे मसाले की चटनी में कटल मछली बनाता था। वह उन्हें उनके ही रस में पकाता था और मरसो उसके साथ काली और गर्म चटनी बाँटता था जो कि वे दोनों माहागीर की रसोई में रखे कालिख ढके स्टोव पर से ब्रेड से सोख लेते थे। पेरैज वस्तुतः कभी बात नहीं करता था। मरसो उसकी इस चुप रहने की क्षमता के लिए बहुत आभारी था। किसी-किसी सुबह स्नान के बाद वह उसे अपनी नौका सागर में डालते देखता था। तभी वह उसके पास चला जाता था : "मैं तुम्हारे साथ चल सकता हूँ पेरैज?"

"नाव में चढ़ जाओ," वह कह देता था।

फिर वह दोनों पतवारों को खूँटों में डालकर सम गति से नाव खेता था, इस बात का ध्यान रखते हुए (मरसो इतना नहीं) कि उसके पैर कहीं खेंचू-जाल में लगे चारे में न फँस जाएँ। फिर वे दोनों मछली पकड़ते थे और मरसो डोरियों का ध्यान रखता था जो समुद्र की सतह

1. बिलियर्ड में खेलने का डंडा।

तक चमकदार दिखती थी, जल के अन्दर काली और हिलती हुई। सूर्य की कान्ति सागर में असंख्य कणों में टूटकर बिखर जाती थी और मरसो एक भारी और दम घोटनेवाली श्वास लेता था जो समुद्र से ऐसे उठती थी जैसे भाप। कभी-कभी पैरैज के जाल में कोई छोटी मछली फँस जाती थी। वह उसे वापस गिरा देता था और कहता था : "जा अपनी माँ के पास।" ग्यारह बजे वे लोग वापस आ जाते थे और मरसो, मछली के छिलकों से चमकते हुए हाथ और धूप से सूजा हुआ चेहरा लिये अपने घर में ऐसे लौटता था जैसे वह एक शीतल कन्दरा हो जबकि पैरैज मछलियों का एक व्यंजन बनाने चला जाता था जिसे वे दोनों मिलकर शाम को खाते थे। एक-एक दिन करके मरसो अपनी जिन्दगी में ऐसे डूब रहा था जैसे पानी में फिसलता जा रहा हो और जैसे बाँहों और पानी के आपसी अनुवर्तन से हम जो अपने-आपको ढोते और ढकेलते हैं, आगे को बढ़ते हैं वैसे ही उसे भी अपने-आपको अक्षत और सज्ञात रखने के लिए कुछ विशेष संकेतों की आवश्यकता थी जैसे वृक्ष के स्कन्ध पर हाथ रखना, समुद्र-तट पर दौड़ना। इस प्रकार उसने अपनी जिन्दगी को एक परिशुद्ध अवस्था में लीन कर दिया था। उसने एक देवलोक पुनराविष्कृत कर लिया था जिसमें या तो बिलकुल बुद्धिहीन जानवर प्रविष्ट हो सकते थे या अत्यधिक विवेकशील। इस अवस्था में जबकि एक बुद्धि दूसरी बुद्धि का प्रतिवाद कर रही थी, उसने उसकी सत्यता खोजी और उसके साथ उसकी अलौकिक महिमा, और उसके अनुराग की चरम सीमा।

शुक्र बैयनार का कि वह उस गाँव के सामाजिक जीवन में भी हिस्सा लेने लगा था। वह उसे एक छोटी-सी अस्वस्थता की वजह से बुलवाने पर मजबूर हो गया था और उसके बाद वे दोनों शौक से एक-दूसरे से

मिलने लगे थे। बैयनार आदत से बहुत चुप था लेकिन उसके मिजाज में एक तरह का तीखापन था जिससे उसके चश्मे में भी चमक झलकती थी। उसने इंडोचाइना[1] में बहुत दिनों तक काम किया था और चालीस साल की उम्र में अल्जीरिया के इस कोने के एकान्त में बस गया था। कुछ वर्षों से वह वहाँ अपनी पत्नी के साथ एक शान्तिमय जीवन बसर कर रहा था। उसकी पत्नी जो इंडो-चाइनीज थी, बहुत कम बोलती थी, बालों का एक गोल जूड़ा बनाती थी और बहुत आधुनिक कपड़े पहनती थी। बैयनार अपनी क्षमता से सभी तरह के लोगों में मिलजुल गया था। उसे सारे गाँव से स्नेह हो गया था और गाँव को उससे। वहाँ वह मरसो को भी ले जाने लगा। मरसो होटल के मालिक को पहले से ही बहुत अच्छी तरह जानता था जो कि एक पुराना गायक था, यहाँ अपने काउंटर पर खड़े-खड़े गाता रहता था और 'ला तोस्का'[2] की चीख-पुकारों के बीच अपनी पत्नी को जोर से मार लगाने की धमकी भी दे देता था। सबने पातरिस से अवकाशोत्सव कमेटी में बैयनार के साथ काम करने का आग्रह किया और अवकाशोत्सव के दिनों में, 14 जुलाई को और अन्य दिनों में, वे लोग एक तिरंगा भुजबन्ध पहनकर घूमते रहते थे या एक हरी मेज के जो कि मीठे पेयों के गिरने से चिपक रही होती थी, चारों तरफ बैठकर रसद विभाग के बाकी सदस्यों के साथ इस पर विचार-विमर्श करते थे कि संगीतज्ञों के मंच को पूर्णांग की शाखाओं से सजाया जाना चाहिए या खजूर की। वे लोग उसे निर्वाचन-सम्बन्धी विवाद में भी खींचना चाहते थे। लेकिन एक समय था जब मरसो की महापौर से जान-पहचान थी। चूँकि महापौर ने पिछले दस वर्षों से (उसी

1. वियतनाम, लाओस और कम्पूचिया का संयुक्त नाम, जिस पर फ्रांस ने उन्नीसवीं-बीसवीं शताब्दी में सौ साल तक शासन किया।
2. 19वीं शताब्दी का एक बहुत भावपूर्ण नाटक।

के शब्दों में) 'अपने प्रादेशिक मंडल के भविष्य की अध्यक्षता की थी', इस 'अर्धचिर-स्थायित्व' की वजह से अपने-आपको नेपोलियन बोनापार्ट समझने लगा था। वह एक अमीर मदिरा बनानेवाला था और उसने अपना मकान यूनानी शैली में बनवा रखा था। वह उसने मरसो को दिखाया। इसमें नीचे की मंजिल पर एक और मंजिल बनाई हुई थी। लेकिन कहीं कोई कमी न रह जाने के खयाल से महापौर ने उसमें एक लिफ्ट लगवाई थी। वह उसने मरसो और बैयनार के लिए काम में ली और बैयनार ने बड़े शान्त भाव से कहा, "ये अच्छी चलती है।" उस दिन से मरसो के मन में महापौर के लिए अथाह प्रशंसा उत्पन्न हो गई। उसे अपनी जगह बनाए रखने के लिए, जिसके कि वह इतना योग्य था, बैयनार ने और उसने अपना पूरा प्रभाव इस्तेमाल किया।

वसन्तऋतु में, एक-दूसरे से सटी लाल छतोंवाला वह छोटा-सा गाँव फूलों से बहुत ज्यादा भर जाता था—चाय की खुशबूवाला, गुलाब हायसिंथ, और बोगनबेलिया—और कीटों का गुंजन। दोपहर को सोने के समय मरसो छत पर चला जाता था और समूचे गाँव को बहुत तेज प्रकाश में ऊँघते हुए देखता था। गाँव के इतिहास की खासियत मोरालस और बींग्स—स्पेन के दो जमींदार, जिन्हें सट्टे में क्रमशः हुई जीत ने करोड़पति बना दिया था—के बीच चल रही प्रतिद्वन्द्विता थी। इस क्षण से बड़प्पन के ज्वर ने उन्हें ग्रस लिया था। एक ने जब गाड़ी खरीदी तो उसने बाजार में सबसे ज्यादा महँगीवाली ली लेकिन दूसरे ने गाड़ी तो वही खरीदी पर उसमें चाँदी के हैंडल लगवा लिये। इस क्षेत्र में मोरालस निपुण था। उसे लोग 'स्पेन का राजा' कहते थे और वह इसलिए कि उसने सभी चीजों में बींग्स को मात दी थी क्योंकि उसमें सूझ-बूझ की बड़ी कमी थी। लड़ाई के समय जब बींग्स ने सैकड़ों-हजारों फ्रैंक राष्ट्रीय

खाते में डाले, मोरालस ने घोषणा की : "मैं और बेहतर कर रहा हूँ, मैं अपना पुत्र दे रहा हूँ।" और उसने अपना बेटा जो अभी काफी छोटा था, फौज में भर्ती होने भेज दिया था। सन् 1925 में बींग्स अल्जैर की तरफ एक शानदार बुगैटी रेसिंग कार में आया। पन्द्रह दिन बाद मोरालस ने एक वायुयान-गृह बनवाया और एक छोटा हवाई जहाज खरीद लिया। वह वायुयान अब भी उसके विमानगृह में पड़ा रहता है। सिर्फ रविवार को इसे दर्शकों को दिखाया जाता है। जब बींग्स, मोरालस के बारे में बात करता था तो वह कहता था : 'वो भूखा कंगाल', और मोरालस बींग्स के लिए, 'वो चूने की भट्टी।'

बैयनार मरसो को मोरालस के घर ले गया। उस विशाल खेत में जो ततैयों और अंगूरों की महक से भरा हुआ था, उसने उनका बड़े आदर से स्वागत किया लेकिन कपड़े की स्लीपर और कमीज पहने हुए क्योंकि उसे कोट और जूते पहनना पसन्द नहीं था। मोरालस ने उन्हें हवाई जहाज दिखाया, मोटर-गाड़ियाँ दिखाईं, बेटे को मिला हुआ पदक दिखाया जो कि शीशे में मढ़कर बैठक में प्रदर्शित किया गया था और फ्रेंच-अल्जीरिया से विदेशियों को परे रखने की आवश्यकता समझाता रहा (वह स्वयं तो अब देशीकृत हो चुका था, 'लेकिन उदाहरण के तौर पर जैसे बींग्स')। फिर वह उन लोगों को अपनी एक नई उपलब्धि दिखाने ले गया। वे अंगूर के एक बहुत बड़े खेत में गए जिसके ठीक बीच में एक गोल स्थान साफ किया गया था। उस गोल स्थान में लुई पन्द्रहवें के दरबार की तरह का बहुत ही कीमती लकड़ी और कपड़ों से सजाया हुआ एक बड़ा-सा कमरा बना था। यहाँ मोरालस अपनी जमीन पर आए हुए अतिथियों से मिल सकता था। जब मरसो ने विनम्रता से यह जानना चाहा कि बारिश के समय वह क्या करता है तो मोरालस ने

बिना किसी उलझन के सिगार पीते-पीते कहा, "मैं इसे बदल देता हूँ।" वापस आते समय मरसो मोरालस को नवधनिक और कवि का अन्तर समझाता रहा। मोरालस, बैयनार के अनुसार, एक कवि था। मरसो के खयाल में वह गिरते हुए रोम के साम्राज्य का एक प्रशंसनीय सम्राट सिद्ध हो सकता था।

इसके कुछ दिनों बाद, लुसिअन शैनुआ में कुछ दिन गुजारने आई, फिर वापस चली गई। एक रविवार की सुबह क्लैयर, रोज़ और कैथरीन मरसो से मिलने आईं, जैसा कि उन्होंने वायदा किया था। लेकिन पातरिस अब उस मन:स्थिति से बहुत दूर जा चुका था जो उसे अपने इस एकान्तवास के शुरू-शुरू के दिनों में अल्जैर खींच ले गई थी। तथापि वह उनसे मिलकर खुश था। वह बैयनार के साथ उन्हें लेने वहाँ पहुँचा जहाँ पर्यटक बस रुकती थी। दिन बड़ा अच्छा था। गाँव चलते-फिरते बूचड़ों की खूबसूरत लाल गाड़ियों, बड़े-बड़े फूलों और चमकदार रंगों के कपड़े पहने लोगों से भरा हुआ था। कैथरीन के कहने से वे सब कुछ क्षण के लिए एक कैफेटेरिया में रुके। उसे यह चमक, यह जिन्दगी बहुत पसन्द थी और उस दीवार के पीछे जिसका सहारा लेकर वह बैठी थी, उसने समुद्र होने का अन्दाजा लगा लिया था। वहाँ से उठने के समय एक आश्चर्यजनक संगीत की ध्वनि पास की किसी गली में फूट पड़ी। यह निस्सन्देह 'कारमन' का तोरेदोर गीत था लेकिन इतने ओज, उत्साह और धमाके के साथ गाया जा रहा था कि साज अपनी ताल नहीं रख पा रहे थे। 'ये व्यायाम-निपुणों का संघ है,' बैयनार ने कहा। शीघ्र ही लगभग बीस अनजान संगीतज्ञ तरह-तरह के हवावाले साज लिये, उनमें अविराम फूँक मारते हुए दिखाई दिए। वे कैफेटेरिया की ओर बढ़ रहे थे और उनके पीछे रूमाल के ऊपर स्ट्रॉहैड

पहने एक सस्ते-से पंखे से अपने-आपको हवा करते हुए, मोरालस दिखाई पड़ा। उसने ये संगीतकार शहर से वेतन पर इसलिए बुलवाए थे, क्योंकि—उसने बाद में समझाया—"इस उत्साहहीनता और विषाद से जिन्दगी बहुत उदास हो गई है।" वह बैठ गया और अपने चारों ओर इन संगीतकारों को बैठा लिया जो कि अब अपनी दूरी तय कर चुके थे। कैफेटेरिया में बहुत भीड़ थी। तभी मोरालस उठा और बड़े विस्तार से हाव-भाव व्यक्त करते हुए अपार गरिमा से बोला, "मेरे कहने से यह ऑर्केस्ट्रा अब फिर से तोरेदोर बजाएगा।"

वहाँ से उठते-उठते इन बेवकूफ लड़कियों की मारे हँसी के साँस रुक रही थी। लेकिन घर पहुँचकर कमरों के अँधेरे व शीतलता में, धूप भरे बगीचे की दीवारों की चमकती सफेदी के बढ़े हुए प्रभाव में उन्होंने एक शान्ति और अथाह सामंजस्य महसूस किया जो कैथरीन में छत पर जाकर धूप-सेवन की तीव्र इच्छा में बदल गया। मरसो फिर बैयनार को छोड़ने गया। यह दूसरा अवसर था जब बैयनार ने मरसो की जिन्दगी के बारे में कुछ जाना था। उन दोनों ने कभी एक-दूसरे में विश्वास व्यक्त नहीं किया था। मरसो समझता था कि बैयनार खुश नहीं है और बैयनार मरसो की जिन्दगी से कुछ चकरा-सा गया था। बिना एक भी शब्द कहे उन दोनों ने एक-दूसरे से विदा ली। मरसो ने अपनी सहचरिणियों को सहमति दी कि वे चारों अगले दिन सुबह, बहुत जल्दी आमोद भ्रमण के लिए जाएँगे। शैनुआ बहुत ऊँचा और चढ़ने के लिए मुश्किल पर्वत था। उनके सामने एक थकान और धूप से भरा खूबसूरत दिन था।

सुबह बहुत तड़के उन लोगों ने शुरू-शुरू की सीधी चढ़ाई खत्म कर ली। रोज़ और क्लैयर आगे चल रही थीं और पातरिस कैथरीन के साथ पीछे था। वे सब चुप थे। वे समुद्र के ऊपर, जो अभी सवेरे

की धुन्ध में बिलकुल सफेद दिख रहा था, धीरे-धीरे ऊपर चढ़ रहे थे। पातरिस भी चुप था, पर्वत से पूर्णतया एकीकृत जिसके छोटे-छोटे अस्त-व्यस्त सीधे खड़े शाद्वल केसर से रँगे हुए थे, जड़ों में बिलकुल ठंडे, धूप में और छाया में, अपने उस शरीर में जो एक बार सहमत होकर फिर इनकार करता था। वे सब चढ़ने के संकेन्द्रित प्रयास में लग गए, सुबह की ताजा हवा उनके फेफड़ों में ऐसे लग रही थी जैसे गर्म इस्तिरी या तेज उस्तरा। उनका सारा ध्यान इस उद्यम में लगा हुआ था, इस आगे बढ़ने में जिससे कि वे उस चढ़ाई को जीत सकते थे। रोज़ और क्लैयर ने थककर अपनी चाल धीमी कर दी थी। कैथरीन और पातरिस उनके बराबर आए, उनसे आगे निकल गए और शीघ्र ही वे दिखना बन्द हो गईं।

"सब ठीक है?" पातरिस ने पूछा।

"हाँ, यह बहुत सुन्दर है।"

आसमान में सूर्य चढ़ता जाता था और उसके साथ कीटों का एक गुंजन जो उस गरमाई में फूल रहे थे। शीघ्र ही पातरिस ने अपनी कमीज उतार दी और अधनंगी अवस्था में ही ऊपर चढ़ता रहा। पसीना उसके कन्धों पर उस जगह बहने लगा जहाँ से तेज धूप से त्वचा छिल गई थी। उन्होंने एक छोटा रास्ता पकड़ा जो पर्वत के किनारे-किनारे जाता हुआ दिखता था। उन्होंने जो घास उखाड़ी वह ज्यादा गीली थी। जल्द ही जल-स्रोतों की ध्वनि ने और एक गर्त में ताजेपन और छाया के अचानक तेज प्रवाह ने उनका स्वागत किया। उन्होंने कुछ एक-दूसरे के ऊपर छिड़का, कुछ पिया और कैथरीन घास पर लेट गई, जबकि पातरिस जिसके बाल पानी में भीगकर और काले हो गए थे और माथे पर एक गुच्छे में लटक रहे थे, उस प्राकृतिक दृश्य को देखकर जो खँडहरों

से ढका था—चमकते हुए रास्ते और सूरज के प्रचंड तेज के सामने अपनी आँखें मीच रहा था। फिर वह कैथरीन के पास आकर बैठ गया।

"इस समय हम दोनों अकेले हैं, मरसो, मुझे बताओ क्या तुम खुश हो?"

"देखो," मरसो ने कहा।

वह रास्ता धूप में सिहर रहा था और विभिन्न रंगों के अणु-पुंज उनकी तरफ उड़ रहे थे। पातरिस मुस्कराया और अपनी बाँहें मलने लगा।

"हाँ, लेकिन मैं तुमसे कहना चाह रही थी—अगर तुम्हारा मन न हो तो बेशक तुम मुझे जवाब मत देना।" वह हिचकिचाई, "तुम अपनी पत्नी को चाहते हो?"

मरसो मुस्कराया, "ये जरूरी नहीं है।" उसने कैथरीन का कन्धा पकड़ा और सिर हिलाते हुए उसके चेहरे पर बहुत-सा पानी छिड़क दिया, "गलती तो यह है मेरी प्यारी-सी कैथरीन कि हम यह विश्वास करते हैं कि चयन करना जरूरी है, कि वह करना जरूरी है जो हम चाहें और कि खुश होने की कोई विशेष परिस्थितियाँ हैं। जो एक बात मायने रखती है वह है खुश होने की इच्छा, एक तरह का अतिशय चैतन्य जो हमेशा होता है। बाकी सब औरतें, कलाकृतियाँ, सांसारिक सफलताएँ—सिर्फ बहाना हैं। एक कोरा कैनवस जिसे हमारी कशीदेकारी का इन्तजार हो।"

"हाँ," कैथरीन ने आँखों में धूप भरे हुए कहा।

"मेरे लिए जो बात महत्त्व रखती है, वह है सुख की एक विशेष कोटि। मैं सिर्फ उस सुख का आनन्द ले सकता हूँ जो एक दृढ़ और आवेगपूर्ण संघर्ष में अपने प्रतिवादी से मिलता है। क्या मैं खुश हूँ?

कैथरीन! तुम तो वह विख्यात नुस्खा जानती हो : 'अगर मैं अपना जीवन फिर से शुरू कर सकता,' अगर ऐसा होता तो मैं ठीक उसी तरह जिन्दगी गुजारता जैसे अब तक गुजारी है। बेशक तुम समझ नहीं सकतीं मैं क्या कहना चाह रहा हूँ।"

"नहीं," कैथरीन ने कहा।

"तुम्हें कैसे समझाऊँ? अगर मैं खुश हूँ तो अपने भ्रष्ट अन्त:करण के कारण। मैं कहीं चले जाना चाहता था और वह अकेलापन हासिल करना चाहता था जहाँ मैं अपने अन्दर उसका सामना कर सकता जिसका सामना करना जरूरी था। वह जो धूप थी और वह जो आँसू थे...हाँ, मैं मानुषिक स्तर पर खुश हूँ।"

रोज़ और क्लैयर पहुँच गईं। उन्होंने अपने पिट्ठू थैले वापस ले लिये। वह रास्ता अब भी पर्वत के किनारे-किनारे चल रहा था और उन्हें एक अतिशय हरियाली के क्षेत्र में ले गया। रास्तों के किनारे-किनारे जंगली अंजीर के, जैतून के और बेर के पेड़ लगे हुए थे। रास्ते में उन्हें गधों पर जाते हुए अरब मिले। फिर वे चढ़ने लगे। रास्ते में पेड़ और हर पत्थर पर अब सूरज दुगुनी तेजी से चमक रहा था। दोपहर को गर्मी से बिलकुल चूर-चूर होकर सुगन्धियों और थकान से अघाकर, उन्होंने अपने झोले गिरा दिए और शिखर तक पहुँचने की इच्छा छोड़ दी। चढ़ाई अब पथरीली और तपते पत्थरों से भरी हुई थी। एक सिकुड़े हुए शाहबलूत के पेड़ ने अपनी गोल छाया में उन्हें आश्रय दिया। उन्होंने शैलों में से खाने का सामान निकाला और खाना शुरू कर दिया। समूचा पर्वत तेज प्रकाश और टिड्डियों के नीचे सिहर रहा था। गर्मी बढ़ गई थी और उन्हें अपने बलूत के नीचे घेर लिया था। पातरिस जमीन पर उलटा लेट गया और पत्थरों से चिपके उसके

फेफड़ों ने झुलसाने वाली गर्मी की गन्ध को श्वास में अन्दर खींचा। उसके उदर में पर्वत की हल्की-हल्की धड़कनों का आभास हो रहा था जो कि पीड़ा में जान पड़ता था। उनकी एकलयता, गर्म पत्थरों और तेज खुशबुओं के मध्य कीड़ों के बहरे कर देनेवाले गायन ने अन्त में उसे सुला दिया।

जब वह सोकर उठा तो उसका बदन पसीने से लथपथ था और हर जोड़ अकड़ रहा था। लगभग तीन बजे होंगे। लड़कियाँ गायब हो गई थीं। कुछ ही देर में हँसी और चीख-पुकार ने उनके वहाँ होने का एलान कर दिया। गर्मी कुछ कम हो गई थी। नीचे उतरने का समय हो चला था। इस समय, पहली बार, उतराई के बीच में मरसो को मूर्च्छा आ गई। जब वह दुबारा होश में आया, उसने तीन घबराए हुए चेहरों के बीच से गहरा-नीला समुद्र देखा। वे सब और धीरे नीचे उतरने लगे। आखिरी ढलानों पर मरसो ने कुछ रुकने को कहा। समुद्र आकाश के साथ हरा हो रहा था और क्षितिज से सुरम्यता ऊपर उठ रही थी। उन पहाड़ियों पर जो शैनुआ को उस छोटी खाड़ी के चारों तरफ फैलाती थीं, सरू के वृक्ष धीरे-धीरे श्यामल होते जा रहे थे। सब कुछ शान्त था। सहसा क्लैयर ने कहा :

"तुम बहुत थके हुए लग रहे हो?"

"निस्सन्देह।"

"देखो, इससे मेरा कोई सम्बन्ध तो नहीं है। फिर भी यह जगह तुम्हारे लिए बिलकुल फायदेमन्द नहीं है। समुद्र के बहुत पास है, बहुत नम। तुम फ्रांस क्यों नहीं चले जाते रहने के लिए, पहाड़ पर?"

"यह जगह मेरे लिए फायदेमन्द नहीं है, क्लैयर, लेकिन मैं यहाँ खुश हूँ। मैं यहाँ एक सामंजस्य अनुभव करता हूँ।"

"बेशक! लेकिन वहाँ यह सामंजस्य पूरी तरह और ज्यादा लम्बे समय के लिए होगा।"

"कोई कम या ज्यादा समय के लिए सुखी नहीं होता। वह सुखी होता है। बस! इतना ही। और मृत्यु कुछ नहीं छीन पाती—यह एक संयोग होता है सुख का इस स्थिति में।"

"मैं विश्वास नहीं करती," आखिरकार रोज़ कुछ विलम्ब के बाद बोली। वे लोग ढलती शाम में धीरे-धीरे लौट आए।

कैथरीन ने बैयनार को बुलाने का निश्चय किया। मरसो अपने कमरे में था और खिड़कियों में लगे हुए काँच की चमकती परछाईं के पार उसे दिख रही थी छज्जे की सफेद जगह, तारों की लहराती हुई काली पट्टी-जैसा समुद्र, और उसके ऊपर अधिक पारदर्शी लेकिन तारों-रहित रात। वह अपने में कमजोरी अनुभव कर रहा था और एक कृपालु रहस्य से उसकी यह कमजोरी हल्केपन में बदल गई और उसका मस्तिष्क स्पष्ट हो गया। जब बैयनार ने खटखटाया, मरसो सोच रहा था वह उसे सब कुछ बता देगा। इसलिए नहीं कि उसके राज अब उसे भारी पड़ रहे थे। उसमें ऐसी छिपानेवाली कोई बात ही नहीं थी। अगर उसने ये बातें अब तक अप्रकट रखी थीं तो इसलिए कि कुछ तरह के लोगों में हम अपने विचार व्यक्त नहीं करते क्योंकि वे उनके पूर्वग्रहों और बेवकूफी को ठेस पहुँचा सकते हैं। लेकिन आज, अपनी सम्पूर्ण शारीरिक थकान और गहरी ईमानदारी के साथ एक कलाकार की तरह—जो बहुत दिनों तक अपनी कृति को सुधारने, सँवारने के बाद एक दिन उसे दिन की रोशनी में रखने की आवश्यकता महसूस करता है और बाकी लोगों से उसके बारे में बात करना चाहता है—मरसो का भी मन था कि उसे बात करनी

चाहिए और बिना पक्की तरह यह जाने कि ऐसा करेगा, वह बेचैनी से बैयनार की प्रतीक्षा करने लगा।

नीचे के कमरों से दो जनों के सोत्साह हँसने की आवाज आई जिसे सुनकर वह मुस्कराने लगा। तभी बैयनार अन्दर आया। "क्या हाल है?" उसने कहा।

"हाल, तुम्हारे सामने है," मरसो बोला।

उसने मरसो का अच्छी तरह परीक्षण किया। वह कुछ निश्चय न कर पाया लेकिन एक एक्सरे करवाना चाहता था अगर मरसो के लिए सम्भव हो।

"बाद में," मरसो ने जवाब दिया। बैयनार चुप हो गया और खिड़की के किनारे बैठ गया।

"मुझे बीमार पड़ना अच्छा नहीं लगता।"

"बिलकुल," उसने कहा, "मैं समझता हूँ कैसा लगता है। बीमारी से ज्यादा भद्दी या निरुत्साहित करनेवाली और कोई चीज नहीं है।"

मरसो उदासीन था। वह अपनी आरामकुर्सी से उठा, बैयनार को सिगरेट दी, उनमें से एक अपने लिए जलाई और हँसते हुए बोला, "क्या मैं तुमसे एक सवाल पूछ सकता हूँ, बैयनार?"

"बोलो!"

"तुम कभी तैरने तो जाते नहीं फिर स्थायी रूप से रहने के लिए तुमने यह जगह क्यों छाँटी?"

"आह, मैं अच्छी तरह नहीं जानता। बहुत पुरानी बात है।" कुछ देर बाद वह फिर बोला, "और फिर मैं प्रतिघात में बहुत क्रियाशील हो जाता हूँ। अब पहले से अच्छा है। पहले मैं खुश होना चाहता था, वह सब कुछ करना चाहता था जो जरूरी था। उदाहरण के लिए,

अपने-आपको एक ऐसी जगह में पक्की तरह बसाना जो मुझे अच्छी लगे। लेकिन भावुक प्रत्याशा हमेशा मिथ्या होती है। जीना उस तरीके से चाहिए जो हमें सबसे ज्यादा आसान लगता हो—बिना कोई जबरदस्ती किये। ये कुछ सनक-जैसा लगता है लेकिन संसार की सबसे ज्यादा सुन्दर लड़की का भी यही मत है। हिन्द-चीन में मैं कोने-कोने में गया था। यहाँ मैं मनन करता हूँ। बस।"

"हाँ," मरसो ने कहा, लगातार सिगरेट पीते हुए, अपनी आरामकुर्सी में और गहराई तक धँसते हुए और ऊपर शून्य में देखते हुए—"लेकिन मैं नहीं मानता कि सभी भावुक प्रत्याशाएँ मिथ्या होती हैं। वे सिर्फ विवेकरहित होती हैं। खैर, मैं सिर्फ उन अनुभवों का जिक्र कर रहा हूँ जिनमें सब कुछ वैसे ही हो जाता है जैसी अपेक्षा की गई हो।"

बैयनार हँसने लगा, "हाँ, एक मनचाही किस्मत।"

"एक आदमी की किस्मत," मरसो बिना हिले बोला, "हमेशा उत्तेजक होती है बशर्ते कि वह उसे उत्कंठा से ग्रहण करे। और कुछ लोगों के लिए एक उत्तेजनापूर्ण किस्मत, यह हमेशा ही मनचाही किस्मत होती है।"

"हाँ," बैयनार बोला और कुछ सोचता हुआ उठ गया। उसने एक क्षण रात की तरफ देखा, मरसो की तरफ थोड़ी-सी पीठ किये हुए।

बिना उसे देखे बैयनार ने फिर कहना शुरू किया, "इस जगह मेरे अलावा तुम्हीं एक आदमी हो जो बिना समवाय के, अकेले जीते हो। मैं तुम्हारी पत्नी और तुम्हारे मित्रों की बात नहीं कर रहा जो नीचे हैं। मैं अच्छी तरह जानता हूँ कि ये कहानियाँ हैं और फिर भी तुम जिन्दगी को मुझसे ज्यादा चाहते हुए प्रतीत होते हो।"

वह मुड़ा, "क्योंकि, मेरे लिए, जिन्दगी पैसा नहीं। यह है जीना, एक आश्चर्यचकित तरीके से, तूफानी तरीके से। औरतें, जोखिम, नये

प्रदेश—यह है क्रियाशील रहना, कुछ करके दिखाना। एक जिन्दगी दहकती हुई, अनोखी। आखिर में, मैं कहूँगा—मुझे समझने की कोशिश करो।" (अपने-आपको इतना उत्तेजित पाकर वह कुछ झेंप गया था), "मैं जीवन को प्रकृति से परितुष्ट होने से कहीं ज्यादा चाहता हूँ।"

बैयनार ने अपना स्टेथोस्कोप उठाया और अपना बैग बन्द किया। मरसो ने उससे कहा, "सचमुच में तुम एक भावनावादी हो।"

उसे लगा कि सब कुछ उस पल में आवृत होता है जो जन्म से मृत्यु तक जाता है और तभी उस क्षण में सब कुछ निश्चित हो जाता है, समर्पित हो जाता है।

"वह इसलिए क्योंकि," बैयनार ने बड़ा दुख महसूस करते हुए कहा, "एक भावनावादी का उलटा प्राय: एकदम आसक्ति-शून्य होता है।"

"ऐसी बातों पर विश्वास मत किया करो," मरसो ने हाथ बढ़ाते हुए कहा। बैयनार ने उससे देर तक हाथ मिलाया।

"तुम्हारी तरह सोचने के लिए," उसने हँसते हुए कहा, "यह मानना पड़ेगा कि संसार में सिर्फ दो तरह के लोग हैं, एक वे जो घोर निराशा में जीते हैं और दूसरे वे जो उत्कट आशा में।"

"दोनों में, शायद।"

"ओह, मैं तो पूछ नहीं रहा।"

"मुझे मालूम है," मरसो ने गम्भीरता से कहा।

लेकिन जब बैयनार दरवाजे में पहुँचा, एक आकस्मिक विचार से प्रेरित होकर मरसो ने उसे पुकारा।

"हाँ," डॉक्टर ने पीछे मुड़कर जवाब दिया।

"तुम किसी आदमी के लिए तिरस्कार अनुभव कर सकते हो?"

"मैं समझता हूँ, हाँ।"

"किन परिस्थितियों में?"

बैयनार ने एक क्षण सोचा, "मैं समझता हूँ यह बड़ी साधारण बात है। उन सभी दशाओं में जब कोई स्वार्थ या अर्थ के लोभ में कोई काम करे।"

"यह सचमुच साधारण बात है," मरसो ने कहा, "नमस्कार बैयनार!"

"नमस्कार!"

अकेले होते ही मरसो ध्यानमग्न हो गया। उस स्तर पर जहाँ वह पहुँच चुका था, किसी के भी तिरस्कार के प्रति उदासीन था। लेकिन बैयनार में उसने वह गहरा अनुनाद पहचाना जो उसे उसके बहुत करीब ले गया। उसे यह असहनीय लगा कि उसका एक भाग दूसरे को दोषी ठहराए। क्या वह निजी स्वार्थ से प्रेरित था। वह इस आवश्यक और अनैतिक वास्तविकता से अवगत हो चुका था कि अपनी प्रतिष्ठा प्राप्त करने का सुनिश्चित और शीघ्रगामी तरीका धन ही है। अब उसने उस कड़वेपन को निकालना शुरू कर दिया था जो किसी भी सुशील आत्मा को आक्रान्त किये रहता है, ऐसी आत्मा को जो समझती है कि शानदार किस्मत की उत्पत्ति और अभिवर्द्धन की परिस्थितियों में अधार्मिकता और क्षुद्रता की क्या भूमिका है। इस अधम और अरुचिकर अभिशाप को जिसकी वजह से निर्धन अपनी जिन्दगी उसी विपत्ति में समाप्त करते हैं जिस विपत्ति में उन्होंने शुरू की थी, वह त्याग चुका था धन का प्रतिरोध धन से और नफरत का नफरत से करके। और इस पशु के साथ पशु के द्वन्द्व से यदा-कदा एक देवदूत प्रकट हो पड़ता था, अपने पंखों के सौभाग्य व सम्पूर्ण अलौकिक महिमा सहित सागर की उष्ण पवन के झोंके के नीचे। सिर्फ यह निष्कर्ष निकल पाया कि उसने बैयनार से एक शब्द भी नहीं कहा और उसका अपना काम इसके पश्चात् गुप्त रहेगा।

अगले दिन दोपहर बाद, लगभग पाँच बजे, वे बच्चियाँ चली गईं। बस में चढ़ते समय, कैथरीन ने समुद्र की तरफ मुड़कर कहा :

"फिर मिलेंगे, समुद्र तट!"

क्षण-भर बाद तीन हँसते हुए चेहरे बस के पीछे शीशे में से मरसो को देख रहे थे और, एक सुनहरे कीड़े की तरह, वह बस उस तेज प्रकाश में ओझल हो गई। आकाश यद्यपि निर्मल, कुछ उत्पीड़नकारी था। मार्ग में अकेले खड़े मरसो ने अपने हृदय के अन्तस्तल में दुख और परित्राण की मिश्रित भावना अनुभव की। सिर्फ आज ही उसका अकेलापन वास्तविक साबित हुआ क्योंकि सिर्फ आज ही उसने अपने-आपको इससे सम्बद्ध महसूस किया। और इसे स्वीकार करने के बाद अपने-आपको अपने आनेवाले दिनों का मालिक जानकर वह उस विषाद से भर गया जो हर महानता के साथ आबद्ध होता है।

मुख्य सड़क न लेकर वह कैरब और जैतून के वृक्षों के बीच होता हुआ एक छोटे घुमावदार रास्ते से, जो पर्वत के नीचे से जाता था, अपने घर के पीछे पहुँचा। उसके पैरों से कुछ जैतून कुचल गए थे। उसने देखा कि वह रास्ता पूरी तरह उन काले दागों से भरा हुआ था। गर्मियों के आखिर में कैरव के वृक्ष पूरे अल्जीरिया में प्रेम की गन्ध भर देते हैं और शाम को या बारिश के बाद ऐसा लगता है जैसे कि सम्पूर्ण धरती अपने-आपको सूर्यदेव को सौंपने के बाद विश्राम कर रही हो, उसका गर्भ उस वीर्य से पूरी तरह भीगा हो जिसमें कड़वे बादामों की महक आ रही हो। पूरे दिन वह भारी और असह्य महक लम्बे वृक्षों से नीचे आती रही। इस छोटे रास्ते में, सन्ध्या समय धरती के शान्त उच्छ्वसन में वह हल्की हो गई थी, पातरिस की नासिकाओं में मुश्किल से अनुभाव्य—जैसे वह प्रेमिका जिसके साथ दम घोटनेवाली पूरी दोपहर

के बाद कोई बाहर जाए और जो भीड़ और रोशनी के बीच में उसे देखती रहे, कन्धे-से-कन्धा मिलाकर।

इस कामोद्दीपक गन्ध और उसके उन कुचले हुए और खुशबूदार फलों को देखकर मरसो ये समझ गया कि अब मौसम ढल रहा है। एक लम्बा शीतकाल आनेवाला है। लेकिन वह उसका इन्तजार करने के लिए तैयार था। इस रास्ते से समुद्र नहीं दिखता था लेकिन पहाड़ की चोटी पर लालिमा लिये हुए हल्की धुन्ध दिखती थी जो सन्ध्यागमन की सूचना देती थी। जमीन पर फूल-पत्तों की परछाइयों के बीच चमकता प्रकाश अब फीका पड़ रहा था। मरसो बहुत अधिक उत्तेजित होकर लम्बी साँसें खींच रहा था उस तीव्र गन्ध की जिसने कि आज शाम धरती के साथ उसका परिणयोत्सव सम्पूर्ण कर दिया था। यह रात जो संसार पर उतर रही थी, जैतून और रबड़ के वृक्षों के बीचवाले रास्ते में, अंगूर की बेलों और लाल मिट्टी के ऊपर, मन्द-मन्द कल्लोल करते इस सागर के ऊपर, निशा उसके अन्दर ऐसे प्रस्फुटित हुई जैसे ज्वार का वेग। इसी तरह की इतनी शामें उसने देखी थीं जो उसे सदा आनेवाली खुशी का सन्देश देती रहीं कि इस शाम के साक्षात् सुख को अनुभव करके उसके लिए वह रास्ता मापना सम्भव हो गया जो उसने आशा और विजय के बीच पूरा किया था। अपने हृदय के भोलेपन में उसने यह हरा अन्तरिक्ष और प्रेम में गीली हुई यह धरती, आवेग और इच्छा के उसी स्पन्दन में स्वीकार की जिसमें कि अपने हृदय के भोलेपन के साथ उसने जागरियस को मारा था।

पाँच

जनवरी में बादाम के पेड़ों में फूल आते हैं। मार्च में नाशपाती, आड़ू और सेब के वृक्ष फूलों से भर जाते हैं। उससे अगले महीने जलस्रोत सहज ही उफनते रहते हैं और फिर सामान्य स्तर पर वापस आ जाते हैं। मई के आरम्भ में सूखी घास काट दी जाती है और आखिरी दिनों में जई और जौ की फसलें कटती हैं। अब तक खूबानियाँ गर्मी से खूब फूल चुकी होती हैं। जून में प्रारम्भिक नाशपातियाँ बड़ी फसलों में सामने आती हैं। अब तक जलस्रोत सूख जाते हैं और गर्मी बढ़ जाती है। लेकिन जमीन का जो लहू इस तरफ सूख गया, उसने कहीं और कपास में फूल प्रस्फुटित कर दिए और शुरू-शुरू के अंगूरों में मिठास भर दी। एक तेज, गर्म हवा चली जिसके ताप से जमीन जगह-जगह से फट गई और सभी तरफ झाड़ियों में आग लग गई। और फिर अचानक, ढर्रा डाँवाडोल हो गया। तेजी से अंगूर इकट्ठा करने का मौसम खत्म हो गया। सितम्बर से नवम्बर तक की भारी बारिश ने भूमि की सफाई कर दी। उसके साथ, गर्मियों के काम खत्म ही हुए थे कि कनक की और

बाकी प्रारम्भिक बुवाई शुरू हो गई, तभी स्रोत एकदम भर गए और पानी तेज धार बहने लगा। वर्ष के अन्त में कुछ खेतों में गेहूँ अंकुरित हो रहा था जबकि कुछ में अभी जुताई का काम ही निबटा था। कुछ समय बाद ठंडे और नीले आकाश में फिर से बादाम के वृक्ष श्वेत दिखने लगे। नये साल ने धरती पर और आसमान में पदार्पण किया। तम्बाकू बो दिया गया, अंगूर की बेल सँवारी और उर्वर की गई, वृक्षों में कलम बाँधी गई। उसी महीने फल पक गए। फिर से वही क्रम—घास बनाना, फसल काटना और गर्मियों में जमीन की जुताई। आधा साल निकलने के बाद रसवाले और उँगलियों में चिपकनेवाले फल हर घर की मेज पर सज जाते हैं : अंजीर, आड़ू और नाशपाती जिन्हें अनाज माँड़ने के बीच-बीच में लोग भरपेट खाते हैं। अगले अंगूर इकट्ठे करने के मौसम में आसमान बादलों से घिर गया। उत्तर दिशा से सारिकाओं और तूतियों के काले और शान्त समूह आ पहुँचे। उनके लिए जैतून पक भी चुके थे। उनके जाने के कुछ ही बाद जैतूनों को तोड़कर इकट्ठा किया गया। चिपचिपी जमीन में एक बार फिर से गेहूँ अंकुरित हुआ। बादलों के बड़े-बड़े गुच्छे जो उत्तर से ही आ रहे थे, समुद्र के ऊपर से निकले, जमीन के ऊपर से निकले, अपने झागों से जल को स्वच्छ करते हुए, उसे शुद्ध और शीतल छोड़ते हुए स्फटिक-जैसे उज्ज्वल आकाश के नीचे। बहुत दिनों तक शाम को आसमान में, दूर, शान्त बिजली की कौंध दिखलाई पड़ती रही। शीतकाल की पहली लहर शुरू हो गई।

लगभग इसी समय पहली बार मरसो ने शैया पकड़ ली। प्लूरिसी के जोर ने उसे एक महीने तक विवश, कमरे में बन्द रखा। जब वह उठा तब शैनुआ की आखिरी ढलान अंकुरित पेड़ों से, जो समुद्र तक फैल रहे थे, भर गई थी। वसन्त ऋतु ने उसे कभी इतना संवेदनशील

नहीं पाया था। और, अपने स्वास्थ्य-लाभ की पहली रात को वह खेत पार करके दूर तक खँडहरों-भरी उस पहाड़ी पर गया जहाँ तिपाजा सो रही थी। उस शान्ति में जो अम्बर की मधुर ध्वनि से भरी थी, वह रात्रि ऐसी लग रही थी जैसे सृष्टि पर बिछी शुभ्रता। मरसो चट्टान पर चलता जा रहा था, इस रात्रि के गम्भीर मनन में डूबा हुआ। कुछ नीचे समुद्र मन्द-मन्द कल्लोल कर रहा था। ज्योत्स्ना से भरा हुआ वह ऐसा दिख रहा था जैसे किसी जानवर की मुलायम, चिकनी मखमली खाल। इस समय, जब मरसो को अपनी जिन्दगी इतनी परे लग रही थी, उसने अपने-आपको इतना अकेला, अपने-आपसे और संसार से इतना विरक्त अनुभव किया कि अन्ततः उसे लगा उसने वह प्राप्त कर लिया जो वह खोज रहा था और यह सौम्यता, जो इस समय उसमें भर गई थी, उस धैर्यपूर्ण आत्मत्याग से उत्पन्न हुई थी जो उसने ढूँढ़ा था और इस नेक संसार के सहयोग से पाया था जो उसे बिना बुरा माने अस्वीकार कर रहा था। वह हल्के कदमों से चलता रहा उसे अनजानी लगी, परिचित निस्सन्देह, लेकिन उसी तरह जैसे कि मस्तगी वृक्षों के झुरमुट में जानवरों के चलने की आहट या समुद्र का कल्लोल या व्योम की गहनता में रात्रि की धड़कन। और उसे अपनी देह का बोध अच्छी तरह था लेकिन उसी बाह्य चेतना से जिससे कि इस वसन्त रात्रि की उष्ण श्वास का और क्षार और जीर्णता की दुर्गन्ध का जो समुद्र से उठ रही थी। संसार में उसके कर्म, उसकी सुख-प्राप्ति की अनुल्लंघ्य आवश्यकता, जागरियस का डरावना घाव मस्तिष्क और हड्डियों से भरा हुआ, 'दुनिया से ऊँचे मकान' का वह मधुर और संयमित समय, उसकी पत्नी, उसकी आशाएँ और उसके देवता : ये सब उसके समक्ष थे लेकिन यह सब जैसे सबके बीच से चुना हुआ एक कथानक हो, बिना किसी तर्कसंगत

कारण के अजीब पर साथ में निजी तौर से परिचित भी, एक पसन्द की हुई पुस्तक जो गहरे-से-गहरे हृदय को सन्तोष दिलाए, तृप्त करे, लेकिन जो लिखी किसी और ने हो। पहली बार उसने अपने-आपमें कोई और वास्तविकता नहीं महसूस की सिवाय एक अद्‌भुत साहसिक कामों के शौक के, जीवन-शक्ति के लिए एक चाह के, दुनिया के साथ सम्बन्ध बनाए रखने के एक समझदार और स्नेहपूर्ण अन्तर्बोध के। बिना क्रोध और बिना घृणा के वह खेद नहीं जानता था। और एक शिला पर बैठकर, जिसके किनारे उसने अपनी उँगलियों से देखे थे जो कि खिरे हुए थे, वह चन्द्रमा के प्रकाश में समुद्र को चुपचाप चढ़ता देख रहा था। वह लुसिअन के उस चेहरे के बारे में सोचने लगा जो उसने चूमा था और उसके होंठों के मद्धम ताप के बारे में। जल की एकरूप सतह के ऊपर चन्द्रमा, एक दीप की तरह दूर-दूर तक मुस्कान फैला रहा था। पानी हल्का-सा उष्ण होगा जैसे किसी के अधर, और कोमल—एक पुरुष के नीचे दबने के लिए तैयार। मरसो, अभी तक बैठा हुआ, सोचने लगा—सुख, खुशी, आँसुओं के कितने निकट है, पूरी तरह इस शान्त उल्लास में आबद्ध जिसमें एक पुरुष की आशाएँ और निराशाएँ गुँथी हुई हैं। सचेत, फिर भी असम्बद्ध, कामोन्माद से भक्षित और विरक्त। मरसो समझ पाया कि उसकी अपनी जिन्दगी और उसकी किस्मत यहीं समाप्त हो गई है और अब से उसके सभी प्रयत्न इस सुख को सँभालने के लिए और इस भीषण तथ्य का सामना करने के लिए होंगे।

उसे तभी गर्म समुद्र में गहरे नीचे जाने की आवश्यकता महसूस हुई, अपने-आपको खोने की—दुबारा पाने के लिए उस चाँदनी और उष्णता में स्नान करने की जिससे जो कुछ बीते दिनों का उसमें रह गया हो वह निस्तब्ध हो जाए और उसके सुख का गहरा गीत उद्‌भूत

हो जाए। उसने अपने कपड़े उतारे, कुछ चट्टानें नीचे उतरा और समुद्र में अन्दर चला गया। वह गर्म था जैसे किसी का बदन उसकी बाँहों को स्पर्श कर रहा हो और उसकी टाँगों में लिपट गया हो एक अदृश्य लेकिन सदैव मौजूद आलिंगन की तरह। वह व्यवस्थित रूप से तैरता रहा और उसकी पीठ की मांसपेशियाँ उसकी गति के साथ एक-ताल हो गईं। हर बार जब उसने बाँह उठाई तो समुद्र पर चाँदी की तरह चमकती हुई बूँदों की फुहार फेंकी जैसे कि मूक और प्रफुल्लित अन्तरिक्ष में वह खुशी की एक भव्य फसल उगा रहा हो। फिर बाँह वापस पानी में जाती थी और एक शक्तिशाली फाल की तरह जल में जुताई करती थी, पानी को दो में काटते हुए एक नये आधार और तरुण प्रत्याशा की तलाश में। उसके पीछे, उसके पैरों की मार से बुलबुलों का झाग पैदा हो रहा था—पानी के थपेड़ों की आवाज के साथ-साथ जो रात के एकान्त और सन्नाटे में विचित्र रूप से स्पष्ट सुनाई दे रही थी। अपनी यह संयोजित गति और शक्ति अनुभव करके वह एक उमंग से भर गया और तेजी से आगे बढ़ने लगा, और शीघ्र ही तटों से बहुत दूर पहुँच गया, रात और संसार के बीच अकेला। अचानक उसे अपने पैरों के नीचे बढ़ती हुई गहराई का ध्यान आया और वह एकदम रुक गया। वह सब कुछ जो उसके नीचे था, उसे ऐसे आकर्षित करने लगा जैसे एक अनजानी दुनिया का चेहरा, इस रात का परिवर्द्धन जिसने कि उसे अपने-आपमें वापस लौटाया, नीर और क्षीर की गहराई, उस सृष्टि की जो अभी तक अपरीक्षित हो। एक प्रलोभन ने उसका मन खींचा लेकिन शरीर के अत्यधिक आनन्द में उसे उसने तत्काल त्याग दिया। वह और तेजी से और आगे तैरता गया। अद्भुत रूप से थककर, वह किनारे की तरफ मुड़ा। इस समय वह अचानक एक बर्फीली धारा में फँस गया

और, दाँत कुड़कुड़ाते हुए, हाथ-पैरों की अनमोल ताल देखकर रुकने पर मजबूर हो गया। समुद्र के इस आश्चर्य ने उसे विस्मय से भर दिया; इस बर्फीली शीत ने उसके अंगों की तह में घुसकर उसे ऐसे विध्वंस कर दिया जैसे किसी तेज और उत्तप्त दीप्तिमय देव के प्यार ने निःसत्व कर दिया हो। वह धीरे-धीरे वापस तट पर पहुँचा, आकाश और सागर के सामने दाँत किटकिटाते हुए और सुख से हँसते हुए उसने कपड़े पहने।

जब वह लौट रहा था, उसे अपनी तबीयत कुछ खराब लगी। उस छोटे पथ से जो समुद्र से उसकी विला तक जाता था वह उस चट्टानी शिखर को देख सकता था जो उसके एकदम सामने था, और स्तम्भों के चिपटे शिखर और खँडहर। तभी अचानक दृश्य घूम गया और उसने अपने-आपको एक शिला के सहारे खड़ा पाया, मस्तगी की झाड़ी में आधा गिरा हुआ, जिसकी रौंदी हुई पत्तियों से उसकी खुशबू आ रही थी। वह मुश्किल से विला तक पहुँचा। उसके उस शरीर ने, जिसने अभी कुछ ही क्षण पहले उसे अपरिमित आनन्द तक पहुँचाया था, अब उसे ऐसी व्यथा में गिरा दिया कि वह पेट मसोसकर रह गया और उसने आँखें बन्द कर लीं। उसने सोचा, चाय शायद कुछ फायदा करे। लेकिन उसने पानी उबालने के लिए गन्दा पतीला ही ले लिया था और वह चाय इतनी तैल-भरी बनी कि उसका जी मिचलाने लगा। फिर भी सोने से पहले उसने वह चाय पी ली। अपने जूते उतारते वक्त अपने लहू-शुष्क हाथों में उसने अपने नाखून देखे, अत्यन्त सुर्ख, इतने बढ़े हुए कि उँगलियों के ऊपर मुड़ रहे थे। उसकी उँगलियाँ पहले कभी ऐसी नहीं हुई थीं जो उसके हाथ को इतना विकृत और अस्वस्थ रूप देती हों। उसे लगा जैसे उसकी छाती शिकंजे में जकड़ी हुई हो। उसने खाँसा और बहुत बार सादा बलगम थूका लेकिन उसके मुँह में खून का स्वाद महसूस हुआ।

बिस्तर में देर तक उसे कँपकँपी आती रहती थी। यह उसके बदन के निचले सिरे से ऊपर को चढ़ती थी और कन्धों पर जाकर ऐसे मिलती थी जैसे बर्फ की तरह ठंडे पानी की दो धाराएँ जबकि उसके दाँत चादरों के ऊपर किटकिटाते रहते थे जो उसे एकदम गीली महसूस होती थीं। वह घर बहुत बड़ा दिखता था और जानी-पहचानी आवाजें बेहद जोर से सुनाई पड़ती थीं जैसे कि उनके अनुनाद को सीमित करने के लिए वहाँ दीवारें ही न हों। वह सुन रहा था समुद्र की आवाज जैसे जल और कंकड़ों की खड़खड़ाहट हो, उसके पीछेवाली काँच की खिड़कियों से रात का विस्फारण और दूरवर्ती खेतों से कुत्तों का चिल्लाना। उसे बहुत गर्मी लगी। उसने अपने ऊपर से कम्बल फेंक दिए, फिर ठंड लगने पर वापस ओढ़ लिये। बीमारी की इन दो सीमाओं के बीच झूलने में सोने की इच्छा और नींद से उत्पन्न इस बेचैनी में अचानक उसने अनुभव किया कि वह बीमार था। यह सोचकर कि कहीं वह इस तरह की अचेतावस्था में, बिना अपने सामने स्पष्टतया देखे ही न मर जाए, एक अगाध वेदना से भर गया। गाँव में गिरजाघर की घड़ी ने घंटे बजाए लेकिन उसे ध्यान नहीं कितने थे। वह एक बीमार की तरह मरना नहीं चाहता था। कम-से-कम उसके लिए, वह नहीं चाहता था कि बीमारी वही सिद्ध हो जो प्राय: होती है, एक क्षीणीकरण और एक तरह का परिवर्तन, मृत्यु की ओर। जो वह चाहता था उस अवस्था से अभी अनभिज्ञ, यह था अपने सक्रिय, स्वस्थ जीवन का मृत्यु से मिलन, न कि मृत्यु के समक्ष उसका रखा जाना जो पहले से ही मृतप्राय हो।

वह उठा, बहुत कष्ट से खिड़की तक एक कुर्सी खींचकर लाया और अपने-आपको कम्बलों से खूब ढककर बैठ गया। अपने पीछेवाले परदों में उन जगहों में से जहाँ कपड़े की चुन्नटें कम घनी थीं, वह

तारे देखने लगा। वह लम्बी-लम्बी साँसें ले रहा था और अपने काँपते हुए हाथों को स्थिर रखने के लिए कुर्सी के हत्थों को बहुत कसकर पकड़े हुए था। वह अपनी मानसिक सहजता फिर से जीतना चाहता था। 'वैसा हो सकता है,' वह सोच रहा था। तभी वह यह भी सोचने लगा कि रसोई में गैस जली रह गई है। 'वैसा हो सकता है,' उसने मन में फिर दोहराया। मन की यह विशदता भी एक लम्बी धीरता है। सब कुछ पाया और प्राप्त किया जा सकता है। उसने अपनी मुट्ठी से कुर्सी के हाथ पर आघात किया। कोई ताकतवर, कमजोर या मन का पक्का पैदा नहीं होता। वह ताकतवर बन जाता है, मन से स्पष्ट हो जाता है। इनसान की किस्मत उसके अन्दर नहीं, उनके चारों ओर है। अब उसने अनुभव किया कि वह रो रहा है। एक विचित्र अशक्तता, बीमारी से उत्पन्न एक तरह की कायरता ने उसे बच्चों-जैसे आचरण पर, आँसुओं पर वापस ला छोड़ा था। उसके हाथों को बहुत ठंड लग रही थी और दिल में अतिशय जुगुप्सा भरी थी। उसका ध्यान अपनी उँगलियों पर गया, गले की हड्डी पर गया, उसने अपनी गुच्छिकाएँ हाथ से दबाकर सरकाईं जो उसे बहुत बढ़ी हुई महसूस हुईं। बाहर वह सब रमणीयता सृष्टि पर छा रही थी। वह जीने की अपनी ललक और अपनी ईर्ष्या को त्यागना नहीं चाहता था। अब वह अल्जैर में बिताई हुई अपनी उन शामों के बारे में सोचने लगा जहाँ सायरन के बजते ही कारखानों से निकलते हुए लोगों के शोर से हरा आकाश भर जाता है। कृमिद्रुमों की महक के बीच, खँडहरों के मध्य उगे जंगली फूल और साहिल* में चारों तरफ साइप्रस के वृक्षों के बीच बने छोटे-छोटे मकानों के एकान्त में जीवन की एक ऐसी प्रतिमा गुँथी चली जा रही थी जहाँ सुन्दरता और

* समुद्रतट के लिए अरबी शब्द। अल्जैर गोदी के एक किनारेवाले तटों का सामूहिक नाम।

सुख निराशा से अपना चेहरा सजाते थे और जहाँ पातरिस एक तरह का क्षणजीवी सनातन सत्य महसूस करता था। यह वह कदापि छोड़ना नहीं चाहता था और न ही यह कि वह प्रतिमा उसकी अनुपस्थिति में शाश्वत रहे। विद्रोह और तरस से भरकर अब उसे खिड़की को देखती हुई जागरियस की शक्ल ध्यान में आई। वह देर तक खाँसता रहा। फिर उसे साँस लेने में मुश्किल होने लगी। उसे अपने रात के कपड़ों में घुटन होने लगी। अभी उसे ठंड लगती थी, अभी तेज गर्मी। वह एक तेज व्याकुल क्रोध में जलने लगा और दोनों हाथों की मुट्ठियाँ भींचे हुए उसका समूचा रक्त उसके कपाल के नीचे जोर-जोर से स्पन्दन करने लगा; शून्य दृष्टि से, वह फिर नये उद्वेप (कँपकँपी) की प्रतीक्षा करता जो उसे पुन: अन्धे ज्वर में जा डुबोता था। उद्वेप आया और उसे वापस एक आर्द्र और सवृन्त दुनिया में ले गया, उसकी भूख और प्यास की जलन में उसका प्राणिजात विद्रोह शान्त कर दिया और उसकी आँखें बन्द हो गईं। लेकिन सोने से पहले उसे समय मिल गया था, परदों के कुछ पीछे रात्रि को हल्की पड़ते देखने का और सुनने का अरुणोदय के साथ और समस्त संसार के जागने के साथ, जैसे कि सुहृदयता और आशा की एक व्यापक पुकार हो जिसने उसके मृत्यु-भय को निस्सन्देह खत्म कर दिया था लेकिन साथ ही जिसने उसे यह विश्वास भी दिलाया कि उसी एकमात्र कारण में जो उसका जीवन-हेतु रहा, उसे मौत का कारण भी मिलेगा।

जब वह सोकर उठा तो दिन काफी चढ़ चुका था और पक्षियों की, कीटों की खासी भीड़ गरमाई में हर्ष-गुंजन कर रही थी। उसे खयाल आया कि लुसिअन उसी दिन आनेवाली थी। वह बिलकुल निष्प्राण हो रहा था, जैसे-तैसे अपने बिस्तर तक पहुँचा। उसके मुँह में बुखार का

जायका था और वह कमजोरी जिससे मरीज की आँखों में हरेक चीज बहुत मुश्किल लगती है और हरेक इनसान बहुत मजबूर दिखता है। उसने बैयनार को बुलवाया। वह आया हमेशा की तरह मौन, व्यस्त। उसने उसे अच्छी तरह देखा, अपना चश्मा उतारा उसके काँच साफ करने के लिए। "खराब हालत है?" उसने कहा। उसने उसे दो इंजेक्शन लगा दिए। दूसरे के समय हालाँकि वह इतना नाजुक नहीं था, वह बेहोश हो गया। जब उसे होश आया, बैयनार ने उसकी कलाई एक हाथ में पकड़ी हुई थी और घड़ी दूसरे में और सेकंड बतानेवाली सूई का झटके से चलना देख रहा था।

"देखा तुमने," बैयनार ने कहा, "पूरे पन्द्रह मिनट की अचेतावस्था। तुम्हारा दृश्य अब खत्म हो रहा है। अगर एक बार और बेहोशी का दौरा पड़ा तो शायद तुम होश में न आ सको।"

मरसो ने आँखें बन्द कर लीं। वह बहुत तकलीफ में था, होंठ सफेद पड़ गए थे और सूख रहे थे, साँस सन-सन करके आ रही थी।

"बैयनार," उसने कहा?

"हाँ।"

"मैं बेहोशी में खत्म होना नहीं चाहता। मैं सब कुछ साफ-साफ देखना चाहता हूँ, मेरी बात समझ रहे हो न तुम?"

"हाँ," बैयनार ने कहा। उसने उसे काँच की छोटी-छोटी कुछ शीशियाँ दीं। "अगर तुम्हें बहुत कमजोरी लगे तो तोड़कर सटक जाना। इनमें अड्रेनेलीन है।"

बाहर जाते हुए बैयनार लुसिअन से मिला, जो अभी पहुँची थी। हमेशा की तरह आकर्षक।

"पातरिस बीमार है?"

"हाँ।"

"क्या हालत ज्यादा खराब है?"

"नहीं, अब वह ठीक है," बैयनार ने कहा। और, जाने से पहले : "एक छोटी-सी सलाह है, उसे जितना हो सकता है अकेला छोड़ दो।"

"आह," लुसिअन ने कहा, "यह तो कोई मुश्किल नहीं है।"

पूरे दिन मरसो का दम घुटता रहा। दो बार उसे वही शून्य, दृढ़ शीत लगा जो शायद उसे फिर अचेतावस्था में खींच ले जाता पर दोनों बार अड्रेनेलीन ने उसे इस डुबकी से बाहर निकाला और पूरे दिन उसकी उदास आँखें भव्य हरियाली निहारती रहीं। चार बजे के करीब एक बड़ी-सी लाल नौका समुद्र में बिन्दु की तरह दिखाई दी और धीरे-धीरे बड़ी होती गई; चमकने लगी सूर्य के प्रकाश में, मछलियों के ऊपर की सीपों में और पानी में। मरसो ने आँखें बन्द कीं और कल शाम के बाद से अब पहली बार मुस्कराया। यद्यपि उसने दाँत नहीं खोले थे। लुसिअन कुछ देर से अपने कमरे में थी, घबड़ाई हुई-सी वह तेजी से उसकी तरफ बढ़ी और उसे अपनी बाँहों में भर लिया।

"बैठ जाओ," मरसो ने कहा, "तुम यहाँ ठहर सकती हो।"

"बोलो मत," लुसिअन ने कहा, "इससे तुम्हें थकान होगी।"

बैयनार आया, इंजेक्शन लगाए, चला गया। लालिमा लिये हुए बड़े-बड़े मेघ आकाश में धीरे-धीरे जा रहे थे।

"जब मैं बच्चा था," मरसो बड़ी मुश्किल से कह पाया, अपने तकिये में धँसे हुए, आसमान की तरफ टकटकी लगाए, "मेरी माँ मुझसे कहा करती थीं कि वे मरे हुए लोगों की आत्माएँ हैं जो स्वर्ग लोक को जा रही हैं। मैं लाल रंग की आत्मा देखकर बड़ा अचम्भित हुआ था।

अब मैं जानता हूँ कि यह प्राय: आँधी की पूर्वसूचना होती है। लेकिन यह भी विस्मयजनक है।"

रात हो गई। प्रतिमाएँ सामने आने लगीं : अनोखे, विशाल जानवर जो वीरान प्राकृतिक दृश्यों से ऊपर सिर हिला रहे थे। मरसो ने उन्हें आहिस्ते-से बाहर निकाल दिया—अपने ज्वर के बावजूद। उसने सिर्फ जागरियस के चेहरे को अन्दर आने दिया—रक्त-सम्बन्ध के कारण। जिसने किसी और को मौत दी है, वह खुद मौत जरूर पाएगा। और फिर जागरियस ने जिस उज्ज्वल दृष्टि से जिन्दगी को देखा था वह एक मानव की दृष्टि थी। वह अभी तक जी रहा था। अब हम उसकी जिन्दगी के बारे में बात कर सकते हैं। इस महान विध्वंसकारी शक्ति में जिसने उसे आगे ढकेला, जिन्दगी की इस क्षणभंगुर और सृजनात्मक कविता में अब कुछ शेष नहीं रह गया था सिवाय शिकन रहित उस सत्य के जो कविता के सर्वथा विपरीत है। उन सब आदमियों में से जिनका अनुकरण उसने करना चाहा जैसे हरेक व्यक्ति के जीवन के प्रारम्भ में होता है, उन विभिन्न लोगों में से जिन्होंने बिना किसी सम्भ्रान्ति के अपने मूल कारण मिलाए, अब वह जानता था कि उनमें कौन-सा वह बन पाया था : और ये चयन जो मनुष्य के भाग्य का निर्माण करता है उसने अन्तरात्मा की प्रेरणा से और साहस से किया था। यहाँ उसका समूचा सुख था जीने का और मरने का। यह मृत्यु जिसे उसने एक जानवर की तरह दहशत से घबड़ाकर देखा था, अब उसे यह बोध हो गया था कि मृत्यु से भयभीत होने का अर्थ है जीवन से भयभीत होना। मृत्यु से डर सिद्ध करना है कि मनुष्य के अन्दर जो सप्राण है उससे एक अपरिमित लगाव। और वे सब जिन्होंने अपने जीवन का नैतिक और बौद्धिक स्तर ऊपर उठाने के लिए कोई निर्दिष्ट प्रयास नहीं किये, वे सब जो नि:सत्वता

से डरते रहे और उसे अति श्रेष्ठ समझा, उन सबको मृत्यु से डर लगा क्योंकि उन्होंने उस जीवन को समर्थन दिया जिसमें वे सम्मिलित ही नहीं हुए थे। वे पर्याप्त मात्रा में नहीं जिये थे क्योंकि वे कभी जिये ही न थे। और मृत्यु उनके लिए उस यात्री को पानी से वंचित रखने की तरह थी जो अपनी तृष्णा बुझाने के लिए निष्फल प्रयास करता रहा हो। लेकिन बाकियों के लिए वह एक विनाशक और मृदुल आघात थी, जो अभिनन्दन और विद्रोह की ओर समानता से मुस्कराकर मिटाता और प्रतिषेध करता है। उसने एक दिन और एक रात अपने बिस्तर पर बैठकर निकाली, हाथ बिस्तर के पासवाली मेज पर और सिर अपने हाथों में। लेटकर वह साँस नहीं ले पा रहा था। उसके पास लुसिअन बैठी थी, चुपचाप उसे देख रही थी। मरसो बीच-बीच में उसकी तरफ देख लेता था। वह सोच रहा था कि उसके बाद जो भी पहला आदमी उसे छुएगा, उसे अपनी बना लेगा। अपने पूरे शरीर के साथ वह उस पर समर्पित हो जाएगी जैसे उसे समर्पित हुई थी और दुनिया चलती रहेगी उसके अधखुले होंठों के मद्धम ताप में। कई बार उसने सिर उठाया और खिड़की से बाहर देखा। उसने अपनी दाढ़ी नहीं बनाई थी। किनारों पर लाल हुई और बहुत अन्दर को धँसी हुई उसकी आँखें अपनी तेज चमक खो चुकी थीं और उसकी नीली पड़ी हुई त्वचा के नीचे उसके पिचके हुए रक्तहीन गालों ने उसे पूरी तरह बदल दिया था।

उसकी दृष्टि एक बीमार बिल्ली की तरह शीशों पर अटक गई। उसने आह भरी और लुसिअन की तरफ देखा। फिर वह मुस्कराने लगा। और इस चेहरे को जो सब तरफ से क्षीण हो रहा था और घुल रहा था, इस स्पष्ट और दृढ़ मुस्कान ने एक नई शक्ति दी, एक उत्फुल्ल आकर्षण दिया।

"तबीयत अच्छी है?" लुसिअन ने बहुत धीरे से पूछा।

"हाँ!" फिर वह अपनी बाँहों में बन्द अँधेरे में लौट आया। जितनी उसमें शक्ति थी उस सीमा में और अवरोध में, अन्त:करण से वह जागरियस से आ मिला जिसकी मुस्कराहट से वह शुरू में इतना क्रुद्ध हो गया था। उसकी छोटी-छोटी और तेज साँसें संगमरमर की मेज पर एक आर्द्र भाप छोड़ रही थीं जिससे उसे गरमाई मिल रही थी। और इस अस्वस्थ ताप में से जो उसकी तरफ उठ रहा था, उसे अपने हाथों और पैरों की उँगलियों के सिरे और ज्यादा ठंडे महसूस होने लगे। इससे उसे जिन्दगी की एक और वास्तविकता के बारे में पता लगा और ठंडक से गरमाई की तरफ इस यात्रा में उसने वही उल्लास महसूस किया जिसने जागरियस को पकड़ लिया था, अपनी कृतज्ञता प्रदर्शित करते हुए उस जिन्दगी के प्रति जिसने उसे और जलते रहने की इजाजत दी। वह एक भ्रातृभाव और उन्मत्त प्रेम में बँध गया इस आदमी के लिए जिससे उसने अपने-आपको इतना परे अनुभव किया था और अब उसकी समझ में आया कि उसे मारकर उसने उसके साथ वह प्रणय-बन्धन पक्के कर लिये थे जिनमें अब वे दोनों सदैव के लिए बँध गए हैं। आँसुओं का यह भारी प्रवाह जो उसके अन्दर जीवन और मृत्यु के लिए एक मिली-जुली चाह का प्रतीक था, अब वह समझ पाया कि उन दोनों में यह एक समान था। और मृत्यु के समक्ष जागरियस की निश्चलता में भी अब उसने अपनी स्वयं की जिन्दगी का एक गुप्त और सख्त रूप देखा। ज्वर ने यहाँ उसकी मदद की और उसके साथ-साथ इस उल्लास-भरे दृढ़ विश्वास ने जो उसके पास था, अपना अन्तर्विवेक आखिर तक सचेत रखने का। और खुली हुई आँखों मरने का। जागरियस की आँखें भी उस दिन खुली हुई थीं और उनमें से आँसू बह रहे थे। लेकिन वह

उस पुरुष की आखिरी कमजोरी थी जिसे अपनी जिन्दगी का पूरा हिस्सा न मिला हो। पातरिस को इस कमजोरी का कोई भय नहीं था। अपने ज्वर-पीड़ित रक्त प्रवाह में जो सदैव उसके शरीर के सिरों तक पहुँचने से कुछ पहले ही रुक जाता था, वह यह जानता था कि ये कमजोरी उसकी नहीं है। क्योंकि उसने अपना काम पूरा किया था, मनुष्य के एक अकेले कर्तव्य को सिद्ध किया था जो केवल सुख अनुभव करना है। निस्सन्देह बहुत पहले नहीं। लेकिन समय से इसमें कोई फर्क नहीं पड़ता, या तो रास्ते में विघ्न होता है या नहीं होता। उसने इस विघ्न को नष्ट कर दिया था और अन्तर्भूत भाई जो उसने अपने अन्दर पैदा किया था, दो साल का था या बीस का, कोई महत्त्व नहीं रखता। सुख तो यह था कि वह वहाँ था।

लुसिअन उठी और मरसो के कन्धे अच्छी तरह ढक दिए जिन पर से कम्बल फिसल गया था। वह उसके स्पर्श से काँपने लगा। उस दिन से, जब वह जागरियस की विला के पास उस छोटे-से चौक में छींका था, इस पल तक उसके शरीर ने श्रद्धापूर्वक उसकी सेवा की थी और उसे दुनिया के सामने स्वच्छंद किया था। लेकिन साथ ही, उसने अपनी एक निजी जिन्दगी जारी रखी थी, उस मानव से वियुक्त जिसका वह प्रतीक था। पिछले कुछ वर्षों से वह निरन्तर एक मद-विघटन से गुजर रहा था। अब उसने अपना चक्र पूरा कर लिया था और अब मरसो को छोड़ना चाहता था, उसे दुनिया को लौटाना चाहता था। उस अकस्मात स्पन्दन में जिसका मरसो को ध्यान था, एक बार फिर उसने उस सहमति की सूचना दी जिसने उनके लिए पहले भी इतना हर्ष-उल्लास प्राप्त किया था। इस एक कारण से मरसो इस कम्पन को एक उल्लास समझता था। सज्ञात अर्थात् उसे होना चाहिए था धोखारहित, भयरहित—अकेले

आमने-सामने—अपने शरीर के साथ एकदम एकमत—मृत्यु पर आँखें खुली हुईं। यह पुरुषों के ही बस का काम था। कोरी शून्यता, न कोई भाव, न अलंकार, सिर्फ अकेलेपन और सुख का एक अपरिमित वीरान जहाँ गरसो अपने आखिरी पत्ते खेल रहा था। उसे अपनी साँस क्षीण होती महसूस हुई। उसने लम्बी-सी साँस अन्दर खींची और इससे उसके फेफड़ों के सारे अवयवों में से खर-खर की आवाज आई। उसे अपनी पिंडलियाँ बहुत ठंडी लगीं और हाथ अचेत। दिन निकल रहा था।

प्रभात फटा जो पक्षियों और ताजगी से भरा हुआ था। सूर्य तेजी से निकला और एक छलाँग में क्षितिज के ऊपर पहुँच गया। पृथ्वी सुनहरेपन और उष्णता से ढक गई। सुबह के समय समुद्र और आसमान, नीली और पीली छिटकी किरणों से प्रकाश के बड़े-बड़े टुकड़ों से भर गए। हल्की हवा चली और खिड़की से आई क्षारयुक्त पवन ने मरसो के हाथों को पुनः शक्ति दी। दोपहर को हवा रुक गई, दिन ऐसे फटा जैसे पका हुआ फल और समस्त विस्तीर्ण संसार पर झींगुरों के एक अकस्मात सहगान में गर्म और श्वासारोधी रस की तरह ढुर गया। समुद्र इस सुनहरे रस से ऐसे आवृत हो गया जैसे एक दीप से और धूप से रौंदी हुई धरती, पर इसे गर्म हवा के झोंके ने वापस भेज दिया जिससे वह आवरण खुल गया और चिरायतों, रोजमैरी और गर्म शिलाओं की गन्ध ऊपर उठने लगी। अपने बिस्तर से मरसो ने यह असमन्वित प्रतिक्रिया और यह श्रद्धांजलि देखी और उसने अपनी आँखें विशाल, वृत्ताकार, झिलमिलाते अपने देवताओं की मुस्कानों से भरे समुद्र पर खोली। अचानक उसे दिखा कि वह अपने बिस्तर पर बैठा है और लुसिअन का चेहरा उसके चेहरे के बहुत समीप है। उसके अन्दर कोई चीज धीरे-धीरे ऊपर आ रही थी जैसे उदर के तल से उठ रही हो, एक

गोला-सा जो उसके गले तक आकर रुक गया। वह और जल्दी-जल्दी साँस लेने लगा, हर खुले रास्ते का लाभ उठाकर। पर यह पदार्थ ऊपर को आता ही गया। उसने लुसिअन की तरफ देखा। वह मुस्कराया, बिना पीड़ा की एक शिकन के लेकिन यह मुस्कान भी उसके अन्तरतम से ही निकली प्रतीत होती थी। वह बिस्तर में उलट गया और उसने यह आरोहण अपने भीतर अनुभव किया। उसने लुसिअन के सूजे हुए होंठ देखे और उसके पीछे पृथ्वी की मुस्कान। उसने दोनों को एक निगाह से देखा और एक ही कामना से।

'बस एक क्षण में, एक पल में,' उसने सोचा। आरोहण रुक गया और पत्थरों में पत्थर वह अपने अन्त:करण के आनन्द में समा गया, चिरस्थायी लोकों के सत्य में।

अल्बैर कामू

अल्बैर कामू का जन्म 7 नवम्बर, 1913 को फ्रांस के तत्कालीन उपनिवेश अल्जीरिया (अफ्रीका) के मोन्दोवी शहर में हुआ था। बचपन गरीबी में बीता। दर्शनशास्त्र में उच्च शिक्षा हासिल की। कुछ समय के लिए अल्जीरिया की कम्युनिस्ट पार्टी से जुड़े। किशोरावस्था से ही तपेदिक की चपेट में रहे। आजीविका के लिए तरह-तरह का काम किया। 1943 में पेरिस चले गए। विश्वयुद्धों के दौरान फ्रांस पर जर्मन कब्जे के खिलाफ 'काम्बेट' नामक पत्र निकाला। कुछ पत्रों का सम्पादन भी किया। यूनानी दर्शन, ईसाइयत तथा अल्जीरिया और यूरोप की संस्कृति से गहरे प्रभावित रहे। अपने लेखन में अधर्म, नास्तिकता, मृत्यु और मानवीय कष्टों का अपूर्व चित्रण किया।

उन्हें 1957 में साहित्य का *नोबेल पुरस्कार* प्रदान किया गया।

उनकी प्रमुख कृतियाँ हैं—'प्लेग', 'पतन', 'अजनबी', 'सुखी मृत्यु', 'पहला आदमी' (उपन्यास); 'निर्वासन और आधिपत्य' (कहानी-संग्रह); 'कालिगुला', 'न्यायप्रिय', 'अर्थदोष' (नाटक); 'सही पक्ष और गलत पक्ष', 'सिसिफ़स का मिथक', 'विद्रोह' (निबन्ध)।

4 जनवरी, 1960 को विलेब्लेविन (फ्रांस) में कार दुर्घटना में उनका निधन हो गया।

शरद चन्द्रा

फ्रांसीसी भाषा-साहित्य की विद्वान शरद चन्द्रा का जन्म 2 जनवरी, 1943 को जयपुर, राजस्थान में हुआ। उन्होंने दिल्ली, राजस्थान और नाइजीरिया के विश्वविद्यालयों एवं इग्नू में अध्यापन किया। कहानी, कविता, निबन्ध आदि विधाओं में अंग्रेजी और हिन्दी में उनकी कई किताबें प्रकाशित हैं। उन्होंने अल्बैर कामू की सात किताबों के अलावा फर्नांदो पैसोआ, ज्याँ-पाल सार्त्र, अतिक रहिमी, अमीन मालूफ आदि की रचनाओं के अनुवाद किये हैं।

ई-मेल : sharadchandra2006@yahoo.com

राजकमल से प्रकाशित लेखक की किताबें

उपन्यास

अजनबी
प्लेग
पतन
सुखी मृत्यु
पहला आदमी

कहानी

निर्वासन और आधिपत्य

नाटक

अर्थदोष
कालिगुला
न्यायप्रिय